MANSFIELD, ALCOTT Y OTRAS

CUENTOS DE MUJERES POR MUJERES (I)

VERSIONES COMPLETAS

Traducción, prólogo y selección
Ramón D. Tarruella

longseller

Cuentos de mujeres por mujeres (I)

Gerencia de Edición: Diego F. Barros
Editora de la colección: Diana Blumenfeld

División Arte Longseller
Dirección de Arte: Adriana Llano
Coordinación general: Marcela Rossi
Diseño: Javier Saboredo / Diego Schtutman / Laura Pessagno
Diagramación: Santiago Causa / Mariela Camodeca / Constanza Gibaut

Longseller S.A.
Casa matriz: Avda. San Juan 777
(C1147AAF) Buenos Aires
República Argentina
Internet: www.longseller.com.ar
E-mail: ventas@longseller.com.ar

860 CUE	Cuentos de mujeres por mujeres (I) / Katherine Mansfield...[et al.] - 1ª ed., 1ª reimp. Buenos Aires: Longseller, 2005 304 pp.; 18 x 11 cm (Clásicos de Siempre) Traducción de Ramón Tarruella ISBN 987-550-337-1 I. Mansfield, Katherine – 1. Narrativa

Queda hecho el depósito que marca la ley 11.723.

Impreso y hecho en la Argentina.
Printed in Argentina.

Esta edición de 3.000 ejemplares se terminó de imprimir en la Planta Industrial de Longseller S.A., Buenos Aires, República Argentina, en enero de 2005.

Mujeres al borde de la libertad

La distancia que existió siempre entre las demandas y la conquista de esas demandas suele empañar la importancia que tuvieron algunas manifestaciones en la historia. Eso pasó con las mujeres en el siglo XIX, en un contexto de tironeos entre los cambios que se avecinaban y que se anunciaban irreversibles y los intentos por afianzar el orden y la tradición. El ímpetu con que surgió el feminismo no se correspondió con la concreción de sus objetivos.

La Revolución Francesa, el hecho con que comenzó el siglo XIX para la mayoría de los historiadores, dio el puntapié inicial para que la mujer saliera a la esfera pública, a los gritos y acumulando reclamos. No es casualidad que la imagen que consagró el símbolo de la Revolución sea una mujer empuñado la bandera francesa. La mujer salió a la par del hombre a pedir por la igualdad de oportunidades, la libertad de todos los seres humanos y los cambios políticos. La libertad del hombre era también la libertad de la mujer, un postulado que desafiaba directamente a la religión. Esas mujeres lo sabían y no le temían a al desafío.

La mujer, en el siglo XIX, cobró nuevas dimensiones de acción, salió a expresarse en la esfera pública, en la calle, con panfletos que exponían sus demandas, con obras de ficción donde expresaban su ideología y sus valores morales y sociales, con columnas de opinión en los diarios, en la lucha por el derecho al voto, en contra de las restricciones de la religión, por los derechos laborales y a la educación.

La mujer ya no servía sólo para la reproducción sexual o para encargarse de los quehaceres de la casa. La mujer era militante callejera, obrera, artista, sostén económico de una familia, escritora. Era pensante y líder de rebeliones, observadora y activista.

En ese contexto, la literatura fue donde y desde donde se expresó esa nueva condición de la mujer, ya sea por las escritoras que irrumpieron en los ambientes intelectuales como por las heroínas de algunas novelas. Es la libertad que brindaba el arte, la creación como terreno ilimitado, lo que permitió esa conquista, aunque no sin escándalos y persecuciones. Autoras como Jane Austen o las hermanas Brönte fueron las más leídas en su época, aunque no eran obras que cuestionaban el orden establecido y menos aún que propusieran un ingreso en la modernidad. O novelas como *Alicia en el país de las maravillas* o *Madame Bovary,* de Lewis Carroll y Gustave Flaubert, cuyos personajes femeninos pertenecieron a lo mejor de la literatura del siglo XIX.

La mujer como heroína

Así como la mujer era militante por sus derechos, autora de novelas y cuentos y obrera, también estaba dotada, desde el arte, de condiciones únicas e insuperables. Fueron entonces heroínas, apasionadas, capaces de dejar anonadado a cualquier hombre, mujeres fatales y líderes, bellas e invencibles.

En la novela romántica del filósofo Jean Jacques Rousseau, *La nueva Eloísa*, de 1761, la pasión de una mujer pudo franquear todos los obstáculos posibles. La belleza femenina de Eloísa despertaba el más feroz deseo masculino. O las mujeres que aparecieron en los relatos de Henry James, donde poseían el poderoso encanto de conquistar las almas racionales. En los cuentos del alemán Hoffman, la mujer reunía la imagen fastuosa de belleza embrujada.

Estas construcciones, desde la ficción, se alejaban de la mujer serena y pasiva frente a los acontecimientos de su entorno. Tal vez por las restricciones existentes en pleno siglo XIX, la mujer que se merecía un lugar protagónico en una novela o cuento debía tener condiciones mágicas e inéditas en las almas vulgares. Fue la mujer capaz de romper con la vida racional y moderna de ese siglo, su pasión y su vigor, que no pudieron ser controlados por la ciencia y el progreso.

La mujer realista

En el vasto y ambiguo siglo XIX también hubo lugar para la mujer común, la mujer burguesa de las campiñas, la de las casas pobres de la ciudad, la que sufre por el desamor de un hombre. Esta literatura se introdujo en la rutina de esas vidas para retratarlas, la describió en su soledad o en su vida en sociedad. Esta nueva protagonista padeció los dolores y gozó de la misma manera que otros seres humanos.

La ya citada obra maestra *Madame Bovary* fue una bella descripción de una típica mujer de clase alta, que ocupaba su vida leyendo, paseando por la campiña y haciendo amistades. Y fue el amor de un hombre, que no era su esposo, lo que la atormentó hasta la enfermedad. La novela recurrió al realismo para retratar la vida rutinaria de Madame Bovary. Su agónica tristeza indicó que la vida burguesa no era sinónimo de felicidad. Sus pesares nada tenían que ver con el bienestar material.

En *Jane Eyre*, la novela de las hermanas Brönte, la felicidad se conquistó luego de casarse con el hombre que ella deseaba, a pesar de su pasado de huérfana. La obra de las francesas, lo mismo que las de Jane Austen, pertenecieron a otro tipo de descripciones que recurrieron a la vida cotidiana de las mujeres rurales de clases acomodadas sin cuestionar el modelo de sociedad. Ese tipo de literatura femenina fue la más leída y la aceptada por las clases dominantes. Fueron novelas optimistas, defendiendo los valores y la moral burguesa. Los valores de esas mujeres están regidos por la religión, su máximo objetivo es el matrimonio y su aspiración, vivir en armonía en las provincias.

Lo común que tuvieron los personajes Madame Bovary y Jane Eyre fue que gozaron y sufrieron como cualquier ser humano, fueron mujeres normales, sin dotes mágicas ni virtudes de heroína. La diferencia fueron los valores que persiguieron cada una de estas obras. Mientras el personaje de Flaubert padeció al no consagrar un amor fuera del matrimonio, Jane Eyre llegó a la felicidad recién cuando se casó.

La mujer pobre

Los movimientos anticapitalistas resaltaron la desigualdad del capitalismo y buscaron movilizar a las clases más desprotegidas. El arte no fue indiferente a esas clases bajas y marginadas. El pintor francés Eduard Manet, a fines del siglo XIX, eligió a mujeres marginales para sus desnudos. En las novelas del inglés Charles Dickens, el énfasis estuvo puesto en la descripción de las mujeres de familias pobres y obreras.

El francés Emile Zola es quien se encargó, en forma minuciosa, de las mujeres desplazadas de la comodidad; fue quien puso como personaje a una prostituta, a una madre soltera y con varios hijos que atender, a la niña que pedía limosna en la calle. En su novela *La taberna*, de 1877, Zola consagró una igualdad de sexos desde la marginación, por la que tanto mujeres como hombres son víctimas del capitalismo en términos iguales. Y fue una mirada nueva de la mujer. Así como las manifestantes que siguieron a la Revolución Francesa exigían que la libertad del ser humano debía incluir la libertad femenina, para Zola el padecimiento del hombre, por ende, es el padecimiento de la mujer.

En el mismo camino de Zola, los escritores rusos como Antón Chéjov o Máximo Gorki también eligieron a las mujeres para describir la pobreza de las zonas rurales durante el zarismo. La célebre novela de Gorki, *La madre*, fue una pintura de una víctima de la miseria, con la responsabilidad de cuidar y dar de comer a sus hijos.

Los espacios conquistados

Entre las ambigüedades que caracterizaron el siglo XIX se debe ubicar también el movimiento feminista. Desde las últimas décadas de ese siglo, las demandas de los movimientos feministas occidentales fueron más escuchadas, logrando, como consecuencia, cierta legitimidad. Pero a la vez, en algunos países fueron reprimidas y perseguidas.

En los Estados Unidos, una sociedad más tolerante que la de la Inglaterra de la reina Victoria, el movimiento sufragista tuvo un fuerte impulso desde la década de 1860. Susan Anthony dirigió, desde 1868, un conocido periódico llamado *The Revolution,* que influyó en forma decisiva en los movimientos europeos. En la publicación se pedía no sólo por el derecho a voto de la mujer sino también por la abolición de la esclavitud en todo el territorio estadounidense.

Así como Susan Anthony pudo viajar por el mundo difundiendo sus ideas, Harriet Tubman, luchadora por las mismas causas y en la misma época, debió soportar las persecuciones más violentas. Incluso en el sur de los Estados Unidos se ofrecían 40 mil dólares por su cabeza. El detalle era que, a diferencia de Anthony, Tubman era negra, igual que sus seguidores. Eso indica que la tolerancia tenía sus límites y que los valores y prejuicios de una sociedad excluyente durante siglos seguía vigente.

La literatura femenina, es decir, la escrita por mujeres, conquistó un lugar que ya no dependía de los éxitos de venta o de su capacidad de escándalo, sino del propio talento de las autoras y de las temáticas modernas que abordaban. La mayoría de este tipo de escritoras demandaba la libertad de sexo, el derecho al voto y las igualdades sociales y culturales. Y sus reclamos se divulgaban en sus escritos.

Y fue en los Estados Unidos donde se manifestaron con mayor ímpetu; con las escritoras de Nueva Inglaterra, ese sur esclavista reunía varias condiciones como para reclamar igualdad de derechos. Y también en Nueva York o Boston, ciudades en las que el discurso feminista se vuelca en la literatura.

En la novela de la norteamericana Edith Wharton, *La edad de la inocencia,* el personaje es una mujer que, conociendo las sociedades inglesa y norteamericana, advertía que su condición de soltera era un franco desafío al modelo vigente.

En los primeros años del siglo XX, en Inglaterra, aparecieron los relatos de Katherine Mansfield. Muchas de las protagonistas eran militantes pro sufragistas, solteras que se dedicaban a pasear por las principales ciudades de Europa. Si bien su temprana muerte no le permitió escribir una vasta obra, su temática rompió definitivamente con la del siglo XIX, por ejemplo, al usar elementos del psicoanálisis para la construcción de sus personajes o los escenarios cosmopolitas. Mansfield tal vez sea una de las primeras escritoras modernas, de frente al nuevo siglo.

La libertad sexual

George Eliott, novelista inglés, comenzó a publicar recién cuando cumplió 40 años. Su verdadero nombre era Mary Ann Evans. Fue una de las novelistas más leídas del siglo XIX. Falleció en 1880. La estrategia de cambiarse de nombre le permitió eludir la censura y los prejuicios de la época. George Sand fue otro caso que decidió cambiarse su nombre original, Aurora Dupin. Pero la elección de Eliott y Sand no intentó romper los moldes de la sociedad de esos años.

Cuando terminaba el siglo XIX, apareció una numerosa cantidad de militantes que exigía la libertad a la hora de elegir el sexo. Ellas pedían que la homosexualidad fuera aceptada sin conflictos, convirtiéndose así en fervorosas militantes a favor del lesbianismo. El hecho de presentarse en público con parejas del mismo sexo se planteaba como un desafío a la formalidad de la época.

Y la literatura, una vez más, fue uno de los espacios que salieron a conquistar. Escritoras como la norteamericana Sarah Orne Jewett hicieron de la homosexualidad una forma de oponerse al *establishment* y de exponer adrede la capacidad de decisión de la mujer.

En Europa, para la misma época, la escritora Vernon Lee, cuyo nombre verdadero era Violet Page, encabezó los escándalos formando e integrando comunidades de artistas bisexuales y homosexuales. Lo mismo hizo Willa Cather en diferentes ciudades occidentales. Cada una de ellas escribió manifiestos, participó de protestas callejeras, buscó la consolidación de la mujer moderna.

Estas escritoras fueron pioneras desde la práctica y la militancia de la mujer libre. Katherine Mansfield, Sarah Jewett, Vernon Lee, lo mismo que Louisa M. Alcott, estuvieron más cerca de lo que después representarían Gertrude Stein y Anaïs Nin, ya bien entrado el siglo XX.

La diferencia es que estas escritoras de mediados del siglo que acaba de quedar atrás hicieron literatura con sus experiencias sexuales, en un contexto donde las guerras mundiales sacudían el mundo y los cambios políticos obligaban al compromiso. Aunque ése es otro capítulo de la literatura femenina.

Los cuentos

La selección de cuentos que componen la presente obra responde a las características de sus personajes que, lejos de ser heroínas con dotes insuperables, son mujeres comunes pero con decisiones y virtudes que escandalizaron a quienes se ajustaban a los modelos de su época.

El relato de Louisa Alcott, "Jerseys o el fantasma de las niñas" –que integra el libro *Los cuentos de la rueca*–, se desarrolla en una escuela de pupilas, en la que una nueva institutriz, de envidiable estado atlético y belleza, despierta la admiración de las niñas que siguen sus enseñanzas para alcanzar la armonía entre el intelecto y el cuerpo. En un final aleccionador, típico de los relatos del siglo XIX, la maestra las induce a buscar la felicidad teniendo como prioridad el ser fieles a sí mismas, desarrollándose en plenitud y no atendiendo solamente el aspecto físico, conflicto absolutamente contemporáneo.

Sylvia, la niña del cuento de Sarah O. Jewett, "Una garza blanca", es un ejemplo de lealtad a lo que más aprecia: la naturaleza. A pesar de la reciente amistad que la une con un cazador, que le despierta sensaciones hasta ahora desconocidas, y de la conveniencia de revelar un secreto, ella decide guardar silencio para evitar la muerte de un ave que significa la libertad y la belleza. La sencillez del relato es también una muestra de la forma de vida de la Nueva Inglaterra.

En "Una verdadera aventura", el cuento de Katherine Mansfield, llega a la ciudad belga de Brujas una mujer que valora profundamente su soledad, la desea, la busca. Se trata de una auténtica mujer moderna cuyo objetivo es recorrer el mundo sin compañía, despreocupada por los prejuicios que despierta ese comportamiento.

Los escenarios y los personajes de la italiana Matilde Serao parecen no poder desprenderse de la literatura del siglo XIX. El cuento "Terno seco", que esconde cierta cuota de demagogia, narra en paralelo muchas pequeñas historias de pequeña gente. Se centra en la de Tomasita, criada de una familia antaño adinerada, mujer ignorante y consciente de sus limitaciones, pero distanciada de la resignación, y la de su patrona, una mujer enferma que, aunque tiene mucho más alto nivel intelectual, también vive un presente poco grato.

La protagonista del cuento de Mary Wilkins Freeman, "Una monja de Nueva Inglaterra", es una auténtica mujer moderna. En un momento crucial, decide su soledad ante que casarse con el hombre inapropiado, a pesar de su compromiso. La decisión es un desafío frontal al matrimonio formal, y al modelo de vida de los primeros años del siglo XX.

Los dos últimos cuentos pertenecen a dos escritoras que recibieron el Premio Nobel de Literatura. La primera, Grazia Deledda, desde una historia sencilla propone una ruptura con una institución tan fuerte como la Iglesia, escandalosa sobre todo en un país como Italia. La belleza de una aldeana, en "Pecado mortal", es capaz de hacer dudar del compromiso con Dios a un hombre con valores católicos profundamente arraigados.

La sueca Selma Lagerloff elige también una trama sencilla para "La novela de la mujer de un pescador". Los protagonistas son aldeanos, una mujer y un marinero que se enamoran y se casan. Ella padece engaños y miseria, pero todo lo soporta por orgullo, y desperdicia su vida sin siquiera percatarse de que, aun en su desdicha, podría encontrar satisfacción para sí misma haciendo feliz a otra persona.

–Ramón D. Tarruella

CUENTOS DE MUJERES POR MUJERES

Katherine Mansfield

Así como Jorge Luis Borges calificó a Buenos Aires como la ciudad más europea del mundo, Nueva Zelanda podría definirse como la ciudad más inglesa del siglo XIX. Su estilo edilicio, sus calles, las costumbres de la clase media alta, todo imitaba Inglaterra.

Tal vez saturado de las imitaciones y con ganas de conocer el modelo original, la familia Mansfield se mudó de su Wellington natal, ciudad de Nueva Zelanda, a Inglaterra en enero de 1903. Katherine tenía catorce años y comenzó a estudiar en el Queen's College, una escuela liberal, donde se estaban poniendo en práctica novedosos métodos de enseñanza.

Las ciudades anglosajonas, el ambiente bohemio, la escuela, deslumbró a Katherine y por eso, cuando la familia volvió a Wellington, ya que los negocios de su padre no habían prosperado como se esperaba, ella solicitó quedarse en Europa. El profesor de música Walter Lippmann fue quien contuvo y cuidó de la joven.

Al poco tiempo, Mansfield supo desenvolverse sola en Europa, sin necesidad de tutores, definida ya su profesión de escritora. Apenas comenzó la década de 1910 viajó a Alemania, donde pasó un tiempo breve pero suficiente para reunir la experiencia en su primer libro, En la pensión alemana, *de 1911. En esos años comenzó a escribir un diario íntimo que continuó hasta sus últimos días.*

En los años en que Europa estaba convulsionada por la Primera Guerra Mundial, se relaciona con escritores como D. H. Lawrence, James Joyce y Virginia Woolf. En 1918, otra vez en Londres, se casó con el editor John Middleton Murry, en el mismo pueblo donde se habían casado Lawrence y su esposa Frieda.

Dos noticias empañaron la alegría del casamiento de Mansfield. En el frente de batalla, en las filas del ejército inglés, moría su hermano. Y en el mismo mes del casamiento, los médicos le diagnosticaron tuberculosis pulmonar.

La enfermedad la obligó a dejar Londres y fue viviendo por etapas en lugares alejados de las grandes ciudades. Se instaló en las campiñas francesa e italiana y en Suiza, desde donde escribía a su marido mientras continuaba su producción literaria.

Por el poder descriptivo y la construcción psicológica de los personajes, su literatura fue comparada con la de Chéjov, aunque en sus obras mostró una soltura y originalidad que influyeron aun en escritores de mediados del siglo XX.

A principios de 1922, a pesar de su escasa producción, su libro de cuentos La fiesta en el jardín *ya tenía tres ediciones sólo en Londres. La salud la estaba acorralando; para enfrentar la enfermedad, había probado métodos de radiación y de rayos X, y consultado a diferentes especialistas, sin lograr una mejoría. Toma entonces la decisión de internarse en la clínica del teósofo griego George Gurdjieff, en la búsqueda de una cura bajo un tratamiento espiritual, en pos de la armonía interior.*

En enero de 1923, Katherine Mansfield falleció en el instituto de Gurdjieff, el mismo día que recibía la visita de su esposo luego de un largo tiempo sin verse.

Tanto su diario, ordenado y editado por Middleton Murry en 1927, como sus cartas, publicadas un año después, son interesantes testimonios de una mujer que supo describir, como protagonista y observadora, el ambiente cultural de Europa en una época en que el mapa era modificado por las guerras. Ella escribió sabiendo que no llegaría a observar esos cambios y para eso dejó su literatura, plena de contemporaneidad.

UNA VERDADERA AVENTURA

La pequeña ciudad es para los ojos del viajero ansioso, una suerte de antiguo tapiz de colores plateados por donde corre el hilo de canales desvaídos y se escucha el repicar de la música de los campanarios. En Brujas la vida se ha dormido hace tiempo; sólo existen los sueños fantasmales entre las torres y los patios de las casas medievales que enamoran los ojos, inspiran el alma y la mente se rebalsa con el gran deseo de la contemplación.

Yo leí esa descripción de la ciudad en una guía en el salón del hotel, mientras esperaba a Madame. La descripción parecía consoladora, y mi corazón agobiado y dormido entre los envoltorios de mil y una ciudades grises se despertó sobresaltado...

Me encontré haciendo cálculos mentales viendo si mis ropas eran suficientes para un mes de vida activa. “Me la pasaré soñando días enteros”, me dije; “alquilaré un bote y navegaré por los canales, o mejor lo ataré a las ramas de un arbusto en la ribera y me dedicaré a contemplar las fachadas medievales; y antes del ocaso, me tiraré sobre los pastos altos en las vegas de Béguinage, para mirar las copas de los olmos –de luz dorada y meciéndose en el cielo azul– y escucharé los cantos y las plegarias de las monjas, reunidas en la capillita del claustro, donde reciben y ofrecen la gracia suficiente para todo el año.”

Mientras mi corazón se perdía con estos pensamientos de alas nuevas, reapareció Madame avisándome que no había una sola habitación en el hotel, ni una cama, ni un rincón. Se mostraba muy solícita, mi desgracia parecía divertirla, porque se me quedó mirando como si estuviera a punto de soltar la risa. Me informó que al día siguiente tal vez se desocupara una habitación, había posibilidades de que un caballero del número once se fuera, ya que había enfermado de repente.

—Justo en este momento fue a ver al médico —me informó Madame—. ¿No quiere aprovechar la oportunidad para observar el cuarto?

—No. De ninguna manera —le respondí—. No me gustaría dormir mañana en la cama de un caballero enfermo.

—¡Pero si el caballero se habrá ido o se habrá muerto! —exclamó la dama abriendo muy grande sus ojos azules y echándose a reír con esa típica amabilidad francesa que cautiva tanto a los ingleses. Pero yo estaba cansada y hambrienta y sin ganas de discutir y menos aun de aclarar las cosas.

—Tal vez pueda recomendarme otro hotel —le pedí.

—¡Imposible! —respondió con energía Madame, sacudiendo la cabeza y mirando al techo como si estuviera contando cada una de las vigas pintadas de azul—. Estamos en plena temporada en Brujas y no hay un solo turista dispuesto a ceder su habitación y, menos aun un hotel que la tenga o que la quiera alquilar por tan poco tiempo. —Al decir esto Madame miró con disimulo y con mucha desconfianza la pequeña valija que había traído conmigo. Me pareció que mi valija se empequeñecía hasta adquirir un tamaño tan reducido que podría colmarla un cepillo de dientes.

—El resto de mi equipaje está en la estación —dije con frialdad, abotonándome los guantes.

—¿Tiene más equipaje? —preguntó Madame con un claro interés—. Eso quiere decir que piensa quedarse mucho tiempo en Brujas.

—Dos semanas por lo menos y quizá un mes. —Me encogí de hombros.

—Un momento —respondió entonces Madame—; veré si puedo hacer algo por usted. —Desapareció, aunque dudo si fue más allá del otro lado de la puerta, ya que inmediatamente regresó informándome con toda seriedad que podía ofrecerme una habitación en la casa de su familia.

—Está a la vuelta de la esquina —me dijo—, una vieja criada que, a pesar de tener un ojo inmóvil ha estado con mi familia durante quince años, está a cargo. El camarero la acompañará hasta la puerta y, si quiere, puede quedarse a comer aquí.

Tan sólo yo estaba en el amplio salón comedor. El camarero, que parecía haber llegado a pie desde Moscú, me sirvió con total parsimonia una "omelette" y una jarra de café; luego se recostó sobre el aparador para mirarme comer; la servilleta agujereada que el camarero llevaba al brazo cayéndole fláccida y desprolija, me pareció el símbolo de su persona. En torno al salón había grandes espejos que mostraban un espacio inmenso con mesas vacías, camareros desganados y señoras solitarias buscando un triste consuelo en la "omelette" y bebiendo café al ritmo de la Canción de Primavera de Mendelsohn, que se repitió tres veces consecutivas desde el carillón vecino.

—¿La señora ha terminado? —preguntó inesperadamente el camarero—. Debo acompañarla hasta la casa de Madame.

—Vamos.

Como si mi pequeña valija fuera un baúl, la cargó al hombro y dando grandes zancadas salió del hotel eludiendo las mesitas que había en la acera, donde hombres y mujeres abandonaban sus vasos de cerveza para mirarnos. Nos metimos por una callejuela angosta de altos muros, con ventanas y puertas atrancadas, hasta llegar a la Plaza Van Eyck y detenernos ante una vieja fachada de ladrillos ennegrecidos por el tiempo. La reliquia de la familia, la del ojo inmóvil, abrió la puerta, sosteniendo un candelero como si fuera una sartén pequeña. Se negó a aceptarnos hasta que el camarero le contó con lujo de detalles todo lo sucedido. Yo se lo confirmé.

—*C'est ça, c'est ça* —nos dijo, de espaldas, con el candil en la mano—. Jean, ¡el número cinco!

A pesar de sus años subió las escaleras con una agilidad increíble, abrió una puerta, sobre la mesa encendió la vela de otro candelero también como una minúscula sartén y se fue. La habitación me pareció como un velo encarnado y misterioso, de color rosa era la cama, las puertas y las sillas, y, en pilares pequeños de mármol encastrado sobre la repisa de la chimenea, se amontonaban huevecillos rosados y querubines gorditos tocando la trompeta. La anciana regresó con un recipiente de agua caliente y yo cerré la puerta con doble llave. "Estoy en Brujas, por fin", exclamé contenta para mis adentros, metiéndome entre las frescas sábanas como un pez en un estanque helado. Aquella casa vieja y silenciosa me encantaba, también la criada típica con su ojo duro, lo mismo que la Plaza Van Eyck que afuera me esperaba con su estatua blanca rodeada de misteriosos árboles negros y pesados: en todo aquello me pareció ver el estilo de Verlaine...

"¡Bang!", hizo una puerta y yo, aterrorizada, busqué con una mano la sartén-candil, pero advertí que el portazo era de la habitación vecina, ruidosamente ocupada por una pareja.

—¡Por fin en casa! —gritó satisfecha una voz femenina—. *Mon Dieu*, ¡mis pies! ¿Quieres bajar, *mon cher*, y pedirle a Marie el gran recipiente de madera y un poco de agua caliente?

—¡No! ¡Eso ya pasa el límite! —respondió la voz ofuscada del hombre—. Que yo recuerde en el día te has lavado los pies tres veces.

—Pero es que tú no sabes los terribles dolores que tengo. Mira cómo están hinchados. ¡Mira!

—Tres veces en el día los he visto y no encuentro ningún cambio. Estoy cansado. Acuéstate, por favor.

—Es inútil que me acueste, ya que no voy a dormir. ¡*Mon Dieu, mon Dieu*, cómo sufre una mujer! —Una serie de gruñidos masculinos se sumaron a los ruidos que hacía el hombre al desvestirse—. Si espero hasta mañana, ¿me prometes no llevarme a las galerías de pintura?

—Sí, sí. Te lo prometo.

—¿En serio?

—Ya te respondí.

—¿Puedo creerte?

Otro extenso gruñido.

—Es inútil que hagas ese ruido tan ridículo y desagradable, porque ocurrió lo mismo esta tarde y esta mañana, cuando te dije que...

No me quedaba otro recurso: tosí y despejé mi garganta en esa forma particularmente ordinaria y ruidosa que suelen hacer las personas en las habitaciones vecinas para indicar su presencia. Como por arte de magia, la conversación se transformó en un murmullo suave en el que se escuchaba más la voz femenina. Caí en un sueño reparador.

"Se alquilan embarcaciones. Visite la Venecia del Norte en bote. Conozca los suburbios, lugares fascinantes y casi desconocidos por el turista." Con estas y otras recomendaciones de la guía dando vueltas en mi cabeza, me fui al embarcadero y pedí un bote.

—No, *mademoiselle*, pero tenemos una embarcación adecuada para el paseo por los canales.

—Quisiera ir sola y volver cuando yo desee.

—¿Ha estado antes aquí?

—No.

El botero me miró desconcertado.

—No es indicado que *Mademoiselle* navegue por esos canales sin un guía.

—Bueno; me llevaré uno con la condición de que no hable ni me indique lo que tengo que ver.

—¡Pero los hombres de los puentes! —gritó el botero, desconcertado—. ¡Las casas históricas!

Corrí hacia el embarcadero.

—¡Pierre, Pierre! —gritaba el botero, y un joven belga de mirada tranquila, cargando en sus brazos trozos de alfombra y cojinillos de terciopelo rojo, apareció sobre la plataforma y arrojó la carga dentro de una barca vieja y estropeada. En todo el barandal, arriba del embarcadero, se habían juntado varias personas a observar lo que hacíamos. Apenas había subido a la lancha, ayudada por el joven belga, una pareja de gordinflones, que habían estado mirándome desde la baranda, descendió apurada por la escalerilla anunciando que ellos querían ir también.

—Naturalmente, naturalmente —dijo Pierre, ayudando a la gorda señora a meterse en la lancha como si quisiera sacarla a bailar—. A la señorita no le importará.

La pareja de gordos se instaló luego de un rato en la popa, el hombre se aferró a la mano de su compañera y empezamos a navegar por aquellos "hilos de plata" del tapiz de Brujas, mientras Pierre, sacando pecho, cantaba las bellezas de la ciudad con la pasión de un amante latino.

—Miren esa casa de la izquierda. Giren la cabeza. Vean a la derecha esos palacios. Esperen y levanten la cabeza para ver el puente. ¡Ahora! ¡Allá; la fachada de aquella casa! *Mademoiselle*, ¿le gustaría ver el *Lac d'Amour*?

Como no me decidí a tiempo, la pareja de gordos lo hizo por mí.

—Entonces tenemos que desembarcar —declaró Pierre.

Remó un poco más y nos acercó a un parapeto que podía servir de desembarcadero. Me agarré de un arbusto y salté a tierra. Lo mismo hizo el caballero gordo y me siguió entre las exclamaciones de aliento de Pierre y luego, arrodillándose sobre el parapeto, le alcanzó el bastón a su esposa para que se agarrara del mango. La dama se puso de pie sobre la lancha, sonriendo desafiante; se aferró al bastón, dio un paso y cayó redonda al agua lanzando un grito desolador.

—¡Oh, qué atrocidad; qué atrocidad! —se quejó su marido, arrojándose boca abajo sobre el césped de la ribera para tomar con su brazo a la señora gorda que había recuperado el equilibrio y ya estaba parada sobre el barro del fondo con el agua llegándole al pecho. Entre todos la sacamos de aquella situación desagradable y la dejamos sentada en la orilla, escurriendo los extremos de su saco negro y lloriqueando desconsolada.

—Ya pasó. Sólo fue un pequeño accidente —dijo la señora al rato, sorprendiéndonos con su tono alegre y despreocupado. Todos suspiramos con alivio a excepción de Pierre que estaba muy enojado.

—La culpa fue de *madmoiselle* por querer ir al *Lac d'Amour* —dijo señalándome—. Me parece que la señora debe ir caminando por la ribera y sentarse en aquel café para beber algo caliente.

—No, no —protestó ella. Su marido apoyó a Pierre.

—Espere aquí que regresemos —ordenó Pierre mirándome con desprecio. Yo me alcé de hombros, evitando ofenderme, me divertía la imagen de la señora gorda que se alejaba balanceándose con la falda pegada por detrás, como un gran pato. Resulta imposible viajar contento en lanchas tapizadas por los canales de Brujas, con personas demasiado listas o demasiado preocupadas para entender la risa, con sus fuentes puestas en una mutua simpatía. Tan pronto como estuvieron fuera de mi vista, eché a correr por la pradera, crucé un cerco de alambres y no volví a aparecer ni pisar en las riberas de *Lac d'Amour*. "Tal vez puedan creer que me ahogué si así les place", me dije, "de canales estoy hasta la coronilla."

Por la pradera de Béguinage, al caer la tarde, se dispersan los pintores de boina, sacos de cuadros y corbata; colocan sobre el césped sus caballetes de largas patas que parecen poseer movilidad propia, y se alzan arrogantes, desafiando los esfuerzos de sus amos y devolviendo sus miradas largas, altaneras, con miradas que no dicen nada. Las jovencitas inglesas, con anchos sombreros de paja repletos de flores y las promesas de la juventud masculina norteamericana a cuestas, se reúnen a esas horas en las praderas de Béguinage, expresando desde sus almas una estridente alegría y una plácida "camaraderie", construyendo un mundo como un amplio patio de recreo y formando grupos teóricamente deliciosos. Unos a otros se gritan y se tiran cigarrillos, frutas y bombones con la inocencia de la juventud, mientras que algunos turistas obesos y descarriados, que se han escapado de las garras de alguna vieja señora que abandonaron esperando bajo el pórtico de la capilla, se detienen sigilosos frente a los caballetes para ver y adivinar qué significa cada pintura.

Acostada de espaldas sobre el césped, bajo un árbol, yo miraba todo aquello tratando de aplacar las reacciones repentinas de mi conciencia, y me arrepentía de no haber traído ni siquiera un cuaderno de apuntes. Veía las copas de los árboles que crecían como torbellinos verdes en el aire puro y me preguntaba si todos aquellos perros, tirados en el pasto, pertenecían a los pintores. Frente a mí pasaron un hombre y una mujer joven, caminando muy juntos y leyendo, las cabezas volcadas encima del libro. Por su perfil y la manera de andar creí que se trataba de alguien familiar. Me vieron; nos quedamos mirando fijamente y abrimos la boca al mismo tiempo. La muchacha se abalanzó sobre mí y el hombre, quitándose el sombrero de paja y poniéndoselo bajo el brazo, se acercó algo más tranquilo.

—¡Catherine! ¡Qué casualidad! Me parece increíble encontrarte después de tanto tiempo —gritó ella, y después de abrazarme con efusión le dijo a su compañero—: Guy, ¿no te parece increíble? Es Catherine, y nada menos que en Brujas.

—¿Por qué no? —dije sonriendo mientras revolvía en mi memoria para recordar el nombre de aquella mujer.

—¡Pero, querida mía, si la última vez que nos encontramos fue en Nueva Zelandia! ¡Piensa en la enorme distancia que nos separó!

"Ah, por supuesto; es Betty Sinclair." Habíamos sido compañeras en el colegio.

—¿Dónde te hospedas? ¡Hace mucho que estás aquí? ¡No has cambiado nada, absolutamente nada! Te hubiera reconocido en cualquier otra parte. —Hizo señas al hombre para que se acercara y me dijo como avergonzada, como algo que debía confesar—: Es mi marido. —Nos estrechamos la mano, el hombre se sentó en el césped, arrancó un tallo y empezó a morderlo. Reinó el silencio. Betty recuperaba el aliento, mientras me apretaba cariñosamente la mano.

—No tenía idea de que te hubieras casado —comenté yo como para decir algo.

—Pues sí, querida, y ya tengo un niño. Ahora vivimos en Inglaterra y estamos muy ocupados con lo del sufragio femenino, ¿sabes?

Al oír esto, Guy se quitó el tallo de la boca.

—¿Usted está con nosotros? —me preguntó con vehemencia, pero como yo negué con la cabeza, volvió a morder el tallo y me miró con profundo desdén.

—Ahora se te presenta la oportunidad de sumarte a nosotros —me propuso Betty, pero sin dar tiempo a una respuesta, continuó diciendo—: Sólo dime cuánto tiempo piensas quedarte en Brujas; creo que tendremos que vernos, salir juntas y charlar largo y tendido. Guy y yo no estamos en luna de miel, así que no eres una molestia. Todo lo contrario, nos gusta recibir a los amigos de vez en cuando.

El carillón continuó insistiendo esta vez con las notas de "¡Ved al Héroe Conquistador que llega!".

—Desgraciadamente tengo que regresar muy pronto. Acabo de recibir una carta urgente.

—¡Ah, qué lástima! Brujas está materialmente abarrotada de tesoros artísticos, iglesias y cuadros. Esta noche hay un concierto al aire libre en el *Grand Palace*, y durante la semana entrante se celebrará un concurso de campaneros.

—Tengo que irme —insistí, con tanta firmeza que mi espíritu, incentivado por los acordes bélicos del himno que tocaba el carillón, expresó mis deseos con la misma obediencia con que el soldado acata las órdenes del general.

—¿Sin andar por las callejuelas tortuosas, sin sentir los olores continentales y sin ver a los tejedores de encaje? ¡Ah, si pudiéramos recorrer Brujas los tres y ver todo eso! —Suspiré y me mordí los labios.

—¿Usted tiene algo que objetar al sufragio femenino? —interrogó Guy, desentonando con lo que veníamos hablando, mirando a las monjas que, entre los árboles, iban en procesión.

—Siempre había creído que te interesabas por el futuro de las mujeres —intervino Betty—. Ven a cenar con nosotros esta noche y discutiremos el problema a fondo. ¿No te parece que después de la vida agitada de Londres, se ven las cosas bajo otra luz en esta ciudad del Viejo Mundo?

—¡Oh, sí; bajo una luz completamente distinta! —contesté mirando de reojo un pedazo de la portada de la guía que sobresalía del bolsillo de Guy.

Louisa May Alcott

A pesar de que a los 16 años escribió su primer libro, Fábulas de flores, *y de que poco tiempo después comenzó a publicar sus cuentos en diferentes revistas, Louisa May Alcott no tenía definida su vocación literaria. Desde niña soñaba con ser actriz, e incluso escribió algunas comedias sin demasiada trascendencia.*

Alcott nació en Germantown, en el distrito de Pensylnvania, el 29 de noviembre de 1832. De su padre, Amos Bronson, un erudito en temas de filosofía y educación, recibió una sólida formación intelectual. Al mudarse a la ciudad de Boston, dos amigos de Bronson, los escritores Ralph Emerson y Henry Thoreau, reforzaron los conocimientos de la joven.

Al poco tiempo de haberse establecido en esa ciudad, su padre perdió el trabajo, lo que forzó a la escritora a buscar recursos para ayudar a la casa. Desde niña tuvo una salud muy frágil. Lo que sabía hacer mejor era escribir y comenzó entonces a publicar cuentos de misterio con diferentes seudónimos por unos pocos y necesarios pesos.

Sin embargo, la tranquilidad económica de la familia llegó con el éxito de la novela Mujercitas, *publicada en 1868. La obra tenía varios aspectos autobiográficos. Por ejemplo, la protagonista principal, que vivía con tres hermanas en una casa humilde desde que su padre se había ido a la guerra, escribía relatos para subsistir.*

Antes de esta primera obra exitosa ya había editado una serie de libros que marcaban su in-

terés por temáticas sociales y morales, una huella de la herencia intelectual del padre. Uno de esos libros fue Apuntes del hospital, *de 1863, una recopilación de cartas que Alcott envió a su familia en la época en que fue enfermera durante la guerra civil estadounidense. Años después, también escribió artículos contra la esclavitud y fue una de las primeras que reclamó el derecho de voto de la mujer. Se sumó a la lucha por la igualdad social y cívica de la mujer, y ofreció su nombre y sus escritos a la causa.*

En 1865, de regreso de Europa, donde había viajado por sus reiterados problemas de salud, asumió como directora de una reconocida revista para niños, Merry's Museum. *Aún acarreaba el éxito de Mujercitas. Incluso a esa novela le siguió una segunda parte,* Hombrecitos, *publicada también en 1868, en la que describía el ambiente de la Temple School, escuela de Boston fundada por su padre.*

Su producción fue abundante aunque no uniforme en cuanto a su trascendencia. Qui-

zá debido al sostenido deterioro de su salud, no dejaba pasar un año sin publicar una nueva obra. Y en cada una, Alcott afianzaba los ideales que forjaron su formación como escritora y, sobre todo, como mujer libre de fines del siglo XIX.

Tanto en obras célebres como Mujercitas *o en otras como* Bajo las lilas, *de 1878, o* Trabajo, *de 1873, sus personajes persiguieron el bien y las buenas acciones como medio para llegar a la libertad individual. El acatamiento de las buenas costumbres y la igualdad de oportunidades, pilares fundamentales de la moral puritana, fueron valores que aparecieron en cada uno de sus escritos.*

De su vasta producción dejó dos obras que se publicaron después de su muerte, las novelas Un moderno Mefistófeles *y* Un susurro en la oscuridad. *Falleció el 6 de marzo de 1888, a los 56 años, en la ciudad de Boston, donde había regresado luego de viajar por Europa y de conocer varias ciudades de los Estados Unidos.*

Jerseys o el fantasma de las niñas

—Bien; ¿qué pensáis de ella? Hace sólo un día que está aquí, pero nosotros no necesitamos más tiempo para formarnos una opinión —dijo Nelly Blake, la cabecilla de la escuela, a sus compañeras, mientras se hallaban todas reunidas alrededor del fuego una fría mañana de noviembre.

—A mí me agrada; ¡parece tan fresca, agradable y fuerte! Siento deseos de reclinarme contra ella cuando mi espalda me hace sufrir como ayer —contestó Maud, una pálida niña envuelta en abrigado chal.

—Temo que sea muy enérgica, y a mí me desagrada que me apresuren —suspiró Cordelia, niña regordeta que se hallaba indolentemente recostada sobre una mecedora.

—Y lo es, pues Biddy dice que le pidió un jarro de agua fría esta mañana a la seis, y ahora mismo se halla caminando sin temerle al frío. ¡Eso es horrible! —exclamó Kitty estremeciéndose.

—Me pregunto lo qué hará para lograr un cutis tan hermoso. Jamás he visto uno más terso. Parece hecho de rosas y crema —dijo Julia cerrando uno de sus ojos a fin de poder ver las pecas que adornaban su pequeña naricita.

—Y yo estoy deseando preguntarle qué clase de corsé usa para mantenerse tan derecha. Se lo preguntaré en cuanto tenga más confianza con ella —afirmó Sally, que vanamente trataba de enderezar sus redondeados hombros, habituados a inclinarse sobre los libros, pues era la alumna más aventajada del curso.

—Debe usar un corsé francés. Ninguno le daría tan bonita figura —contestó Maud dejando caer su chal para mirar con orgullo su cintura.

—No se podría mover con tanta gracia si usara un aparato como el que tú usas. Su cuerpo no tiene nada de tieso ni de artificial, y es una de las mujeres más hermosas que conozco —exclamó Sally con su habitual entusiasmo.

—Lo único que sé, chicas, es que *ella* puede usar un *jersey* ajustado y estar elegante, y nosotras no —dijo Kitty estirando el suyo que se empeñaba en hacer frunces a pesar de sus esfuerzos.

—Sí, precisamente estaba observándolo esta mañana al desayuno, y me olvidé de tomar mi segunda taza de café con leche... por eso me duele tanto la cabeza ahora. Jamás he visto un *jersey* que quedara tan bien —contestó Nelly, volviéndose hacia el espejo, que reflejaba un lindo conjunto de *jerseys* de alegres colores, pues todas las niñas se hallaban vestidas con falda y *jersey*, pero ninguno quedaba tan bien como el de *miss* Orne, la maestra que acababa de llegar para reemplazar a *madame* mientras la pobre señora se encontrara en cama.

—Nuestros *jerseys* son bonitos y prácticos, pero difíciles de llevar. Maud y Nelly son las que mejor quedan con ellos, siempre que permanezcan erguidas; de lo contrario, empiezan a fruncir. En cuanto a Kitty, el suyo no le deja un momento de paz, y la pobre Cordelia se parece más que nunca a una bolsa de harina, mientras yo estoy horrible con mis hombros agobiados y mis brazos interminables —rió Sally exagerando sus propios defectos mientras hablaba.

Todas se echaron a reír, y tras un momento, Maud dijo con cierta aprensión:

—Espero que *miss* Orne no tenga ideas demasiado revolucionarias respecto a la alimentación y los ejercicios... Mamá odia semejantes ideas y yo también.

—Pues yo espero que esté llena de nuevas ideas respecto a nuestra salud y estudios. Es precisamente lo que necesitamos en esta escuela. *Madame* es ya de edad y se descuida en ciertas cosas, y las demás maestras sólo piensan en pasar buena vida. Deberíamos ser más activas y estudiar más, y por mi parte estoy lista para una buena sacudida si es que quieren dárnosla —declaró Sally, que era una niña muy independiente y había leído y estudiado mucho.

—Vosotras, las chicas de Massachussetts, estáis siempre dispuestas a aceptar todas las novedades... Confieso que yo prefiero lo conocido y que lo único que deseo es que se me permita terminar mi educación lo más cómodamente posible —contestó Nelly, la bonita neoyorquina.

—Yo opino como Sally, y quisiera, en este último año que me queda para terminar mi educación, mejorar en lo posible mi salud física y aprender todo lo que pueda. Estoy realmente encantada con la llegada de *miss* Orne, pues las costumbres anticuadas de *madame* me inquietaban bastante. *Miss* Orne se parece más a nosotras; la gente del oeste es viva, fuerte y ágil —dijo Julia con gesto decidido de su linda cabecita castaña.

—¡Allí está! ¡Mirad, chicas! ¡Está corriendo por la avenida coma si fuese un muchacho! —exclamó Kitty corriendo a la ventana y saltando como si ella también quisiera acompañar a la nueva maestra en su ejercicio.

Todas las niñas se agruparon en la ventana para mirar a la joven alta y esbelta que llegaba llena de vida y de salud por la alameda y que saludó sonriendo a sus alumnas con gesto tan cordial, como si hubiese sido una compañera de ellas.

—Da nuevo interés a la tarea diaria, ¿no os parece? —dijo Nelly, mientras cada cual se ubicaba en su lugar al dar el reloj las nueve, deseando impresionar bien a su nueva maestra.

Mientras las dejamos con sus libros, diremos brevemente que la selecta escuela de *madame* Stein recibía desde hacía largos años a seis niñas a la vez, a fin de terminar su educación. Les enseñaba francés, alemán, música, pintura, baile, buenos modales y, en fin, todo lo que debe saber una jovencita bien educada para entrar en sociedad. De esa escuela, lo mismo que de sus similares, salían las niñas perfectamente educadas, pero delicadas y frágiles, pues su salud física era muy descuidada. A menudo les dolía la cabeza y las espaldas, y más de una tenía los nervios agotados. En un tiempo, aquellas escuelas habían dedicado particular interés a la gimnasia, pero la moda había pasado y ahora el único ejercicio que se exigía a las niñas era un corto paseo diario, a pesar de que en aquella hermosa mansión con amplio parque hubieran podido hacer saludables ejercicios. Las niñas más vivas se permitían una que otra carrera en las hermosas alamedas cuando *madame* no las veía, pues la anciana opinaba que esos modales no correspondían a señoritas como ellas.

Durante el tiempo frío todas se volvían perezosas, y pasaban sus tardes alrededor del fuego encendido y envueltas en chales calientes, y *madame*, que sufría de reumatismo, les permitía aquella vida regalada, teniendo horror del frío. Ahora, la buena señora se había visto obligada a guardar cama, y con la resignación de su naturaleza indolente había declarado:

—Si Ana Orne se encarga de la dirección de las niñas, estaré del todo tranquila, pues es una joven en quien se puede tener plena confianza.

En efecto; parecía muy eficiente esa mañana al entrar en la clase lista para iniciar su tarea diaria, con sus pulmones llenos de aire fresco, su cerebro estimulado por una buena noche de descanso y su mente llena de interés en su trabajo. Las niñas la siguieron con los ojos mientras iba a ubicarse en su lugar. Era una joven llena de salud; todo en ella parecía armonioso, y causaba placer ver el hermoso color de sus mejillas, el brillo de sus suaves cabellos, la blancura de sus dientes entre sus labios rojos, y la vivacidad de su mirada a un tiempo penetrante y bondadosa. Pero lo que más admiraron las niñas fue su *jersey* de lana azul oscuro que tan bien le sentaba sobre su busto erguido y que no hacía el menor frunce.

Antes de que terminara el día, *miss* Orne había sabido captarse la simpatía de todas sus nuevas alumnas, pues no tardaron en percatarse que aquella joven no solamente era capaz de enseñarles, sino también de ayudarles en sus pequeños problemas y de divertirlas.

Después del té, las demás maestras se retiraron a sus habitaciones, felices de alejarse de la charla, de esa media docena de lenguas bulliciosas, pero *miss* Orne permaneció en la sala con las niñas, a quienes reunió alrededor de la amplia mesa para que se entretuvieran en lo que más les agradase. Algunas tomaron unas novelas, otras labores, mientras las demás permanecían indolentemente sentadas en cómodas butacas, como más les agradase. Todas las niñas sentían curiosidad por ver en qué se entretendría la nueva maestra.

La joven sacó de una caja de costura unos trocitos de áspera tela esponjosa y comenzó a coserlos. Los seis pares de ojos estaban fijos en ella, y en vano trataban adivinar para qué serviría aquello que estaba cosiendo *miss* Orne, pero las niñas estaban demasiado bien educadas para preguntárselo. Al cabo de un rato, la maestra se probó una especie de mitones, y pareció satisfecha con su trabajo. Al notar la mirada de Kitty fija en ella, dijo:

—Estos son mis "embellecedores", y no puedo pasarme sin ellos.

—¿Son para conservar sus manos blancas? —preguntó Maud, que se pasaba mucho tiempo cuidando de las suyas—. Yo llevo guantes viejos de gamuza para dormir, después de haberme puesto *cold-cream.*

—Pues yo utilizo los míos cinco minutos a la noche y cinco a la mañana para darme una buena fricción, después de haberlos mojado en agua fría. Gracias a estos ásperos amigos, rara vez siento el frío, y conservo buenos colores —contestó *miss* Orne frotando su suave mejilla hasta que se asemejó a una rosada manzana.

—Me gustaría tener colores, pero ¡debe ser tan áspero ese género! —exclamó Maud, cuyas mejillas estaban siempre pálidas—. ¿Y dice que los moja en agua fría?

—Sí, pero también hay otros medios para conseguir lindos colores. Por ejemplo, correr por la alameda tres o cuatro veces al día, suprimir todas las golosinas y acostarse temprano —dijo *miss* Orne, cuya penetrante mirada había descubierto ya la debilidad de cada una de sus alumnas y cuyo corazón bondadoso anhelaba venir en su ayuda.

—Si corro me duele la espalda, y *madame* dice que somos demasiado mayores para eso ahora.

—Jamás se tiene demasiada edad para cuidar de su salud, querida niña. Es mucho más saludable correr ahora que verse obligada dentro de pocos años a permanecer acostada en un sofá con la espalda eternamente dolorida.

—¿Y cómo es posible? —preguntó Nelly, convencida de que todo el mundo debía sufrir de la cabeza.

—Proporciono a mi cerebro descanso, aire puro y buena alimentación. Yo no conozco lo que es estar nerviosa, pues he aprendido a controlar mis nervios. Me han criado en el convencimiento de que Dios nos ha dado un maravilloso organismo y que es nuestro deber conservarlo en buen estado.

Miss Orne hablaba con tanta seriedad, que las niñas desearon que a ellas también alguien les hubiese enseñado aquella hermosa lección.

—Si las friegas con mitones ásperos llegaran a hacer que mi *jersey* me quedara tan bien como el suyo, enseguida comenzaría el tratamiento —dijo Cordelia mirando tristemente al suyo, cuyos botones parecían querer saltar si su dueña hacía un movimiento algo brusco.

—Lo que tú necesitas, niña, es menos golosinas, más ejercicio y más horas de sueño —comenzó diciendo *miss* Orne, deseosa de reparar cuanto antes los daños causados por la negligencia de su educación física.

—¿Y cómo supo que...? —comenzó Cordelia, ruborizándose mientras hundía en su bolsillo el papel del chocolate que a cada momento estaba comiendo.

Sus condiscípulas se echaron a reír, y Sally, reuniendo su valor, dijo por fin lo que había deseado decir desde que viera aparecer a la nueva maestra:

—*Miss* Orne, quisiera que usted nos enseñara a ser fuertes y animosas. Necesitamos que nos estimulen, y espero que usted lo haga. Le ruego comience por mí, y así mis compañeras verán que hablo con toda sinceridad.

Miss Orne observó un instante a la joven, demasiado alta por su edad, que se hallaba de pie frente a ella, con frente ancha, y pecho angosto, muy distinta físicamente de lo que debería ser una niña de diecisiete años, a pesar de que el brillo y la expresión de su mirada denotaban gran inteligencia y resolución.

—Me alegrará mucho hacer todo lo que pueda por ti, querida niña. Es muy sencillo y estoy segura de que al cabo de pocos meses habrás cambiado mucho, pues eres precisamente la clase de niña que debería tener un cuerpo fuerte en concordancia con su cerebro despierto —contestó *miss* Orne, tomando la mano flaca de Sally y estrechándosela entre las suyas a fin de demostrarle toda su cordialidad.

—*Madame* dice que el ejercicio violento es malo para las niñas; por eso suprimimos hace tiempo los ejercicios físicos —dijo Maud con su lánguida voz, deseando para sus adentros que Sally no sugiriera cosas desagradables.

—Para el ejercicio que yo practico no se necesitan clavas, palanquetas ni barras —dijo *miss* Orne, y poniéndose de pie, comenzó una serie de evoluciones enérgicas pero graciosas, que hacían trabajar todos sus músculos sin gran esfuerzo.

—Eso parece bastante sencillo —comenzó diciendo Nelly.

—Pruébalo —contestó sonriendo *miss* Orne.

Todas las niñas probaron, y muchas fueron las que quedaron jadeantes al cabo de cinco minutos, mientras otras ni siquiera podían alzar sus brazos por encima de la cabeza; Maud y Nelly rompieron varias ballenas de sus corsés al inclinarse, y Kitty cayó al suelo al tratar de tocar la punta de sus pies con sus manos sin doblar las rodillas. Sally fue quien se desempeñó mejor, pues tenía miembros largos, llevaba la ropa holgada y estaba llena de entusiasmo.

—Lo hacéis bastante bien por ser principiantas —díjoles *miss* Orne mirando a aquel grupo sonrosado y alegre—. Practicad esos ejercicios diariamente y no tardaréis en aumentar vuestros bustos en varias pulgadas y vuestros *jerseys* os quedarán mucho mejor.

Esa noche, cuando las niñas se retiraron a sus dormitorios para acostarse, Sally volvió a reanudar los ejercicios. Sus compañeras se reían de ella y de su entusiasmo.

—Burlaos cuanto gustéis, pero tarde o temprano seguiréis mi ejemplo, cuando veáis cuán graciosa, vigorosa y bella me he vuelto —replicó Sally, metiéndose en la cama con una agradable sensación en todo el cuerpo.

Este fue el principio de un nuevo orden de cosas, pues *miss* Orne dedicó su energía a otras cosas además de la gimnasia, y nadie se atrevía a oponerse a ella, pues *madame,* cerrando sus oídos a todas las quejas, insistía en decir: "Obedecedla en todo y no me molestéis".

Grandes jarras de leche fresca reemplazaron las de té y de café, y el pan con mantequilla a los bizcochos, añadiéndose gran cantidad de fruta fresca a las comidas.

Los cuartos fueron ventilados, y abolidos los pesados cortinados y colchones de pluma. El aire y el sol entraban por doquier, y por la mañana grandes jarras de agua fría aparecían sugestivamente a la puerta de los dormitorios. Diariamente, las niñas realizaban largas caminatas, y *miss*

Orne siempre tenía algún proyecto agradable para hacer más interesantes aquellas expediciones invernales. En la sala, en lugar de leer novelas, las jóvenes participaban de alegres juegos, y las horas de clase fueron acortadas reemplazando las áridas lecciones por conversaciones instructivas sobre temas útiles e interesantes. Iniciáronse también clases de cocina, pero en lugar de aprender en ellas a preparar postres o comidas complicadas, la maestra les enseñaba a preparar platos sencillos y sustanciosos, como los que debe saber hacer toda buena ama de casa. Varias niñas comenzaron también a limpiar sus propias habitaciones, instigadas por el ejemplo de *miss* Orne.

Todos estos cambios no se hicieron en un solo día, pero la novedad siempre agrada a la juventud, y las niñas habían comenzado a aburrirse de la vieja rutina, y *miss* Orne hacía todas las cosas con tanto entusiasmo y en forma tan amena, que era imposible resistir a sus deseos.

Después de uno o dos meses de continuos ejercicios, Sally comenzó a enderezarse; Maud abandonó por completo el uso del corsé y ya no sufría de dolores en la espalda; Nelly lucía hermosos colores en sus mejillas antaño tan pálidas, Kitty comenzó a tener músculos en sus brazos que antes parecían palillos, y Julia estaba loca de alegría al comprobar que podía caminar diez millas sin sentir fatiga.

Pero la más contenta de todas era Cordelia, la gordita, que al cabo de poco tiempo había perdido varios kilos. Ya no comía golosinas a toda hora como antes, y el ejercicio en ella se había convertido en verdadera manía; veíasela siempre haciendo caminatas afuera, y si el mal tiempo no se lo permitía, caminaba por el *hall*, de arriba abajo, incansable. El deseo más vehemente de toda su vida había sido adelgazar, y su entusiasmo era tal que *miss* Orne debía vigilarla, temerosa de que exagerara la nota y le hiciera daño.

—Todo esto os parece fácil y agradable ahora porque es nuevo —les decía la maestra— y nadie aquí critica vuestros hábitos sencillos, pero temo que cuando regreséis a vuestros hogares, todo el bien que habéis obtenido se desvanezca. La gente censura lo que condena la moda, y los placeres frívolos os harán parecer pesados estos hábitos saludables. ¡Prometedme, queridas niñas, que proseguiréis con las saludables costumbres adquiridas!

—¡Se lo prometemos! —exclamaron todas las niñas a la vez, aunque las mayores sentían cierta ansiedad al pensar en cuánto les costaría introducir esos nuevos hábitos en sus casas.

Miss Orne les agradeció calurosamente su promesa, pues anhelaba hacerles comprender la importancia que tenía para su porvenir. Pocos días más tarde debía presentársele la oportunidad de recalcar de nuevo sobre ese mismo tema.

Había llegado el mes de abril y las flores comenzaban a florecer en los jardines. *Madame* se sentía mejor y podía sentarse a tomar un poco de sol a su ventana. La buena señora se sorprendió mucho ante los rostros rosados y llenos de vida que se elevaron sonriendo desde el jardín para saludarla, y más aun se sorprendió al ver los alegres juegos de las niñas sobre el verde césped. Nadie supo jamás cómo se había arreglado *miss* Orne para que su método de educación fuese aceptado por la anticuada *madame*, lo cierto es que la señora le había dejado carta blanca para todo, y parecía ahora satisfecha por el resultado obtenido.

—La buena salud es una de las cosas más importantes en las jóvenes, y este grupo de niñas será uno de los más agradables que haya presentado al final de las clases desde que tengo mi escuela —se dijo *madame*, meneando satisfecha su canosa cabeza.

En efecto, la fiesta de fin de curso, que debía realizarse en mayo, presentaba buenas perspectivas, cuando ocurrieron ciertos acontecimientos misteriosos que pusieron en gran revuelo a todas las niñas.

Cierta noche se hallaban las niñas reunidas en torno de la gran mesa, discutiendo un tópico de mucha importancia: la indumentaria que llevarían el día de la fiesta.

—A mí me parece que *jerseys* de seda blanca con faldas celestes o rosadas, serían de precioso efecto y muy apropiadas para la demostración de ejercicios que *miss* Orne desea que realicemos —dijo Nelly, que era quien habitualmente decidía en esas cuestiones de buen gusto.

—¡Quién hubiera dicho que en seis meses hubiéramos podido cambiar tanto! —exclamó Maud admirando su cintura con tranquila satisfacción, pues si bien no era excesivamente fina, estaba perfectamente proporcionada con el resto de su cuerpo juvenil.

—Yo tuve que agrandar todos mis vestidos, y es una suerte que en breve regresaré a casa, de lo contrario no tendría nada más que ponerme —expresó Julia, orgullosa del desarrollo de su busto debido a los saludables ejercicios que todas hacían con tanto entusiasmo.

—En cambio yo he tenido que achicar los míos, y ya no saltan los botones de mis *jerseys.* ¡Estoy tan contenta con los resultados obtenidos, que estaría todo el día haciendo ejercicios y caminando, pues aún me falta mucho para estar todo lo delgada que deseo! —exclamó Cordelia, saltando de su asiento a fin de dar unas vueltas alrededor de la mesa y no perder ninguna oportunidad de bajar, aunque más no fuera unos gramos.

—Y tú, Sally, ¿por qué estás tan callada esta noche? Deberías unirte a nuestros regocijos, puesto que a ti los ejercicios te han sentado mejor que a ninguna, y pronto tus espaldas estarán tan rectas como las de *miss* Orne en persona. ¿Qué tienes que no dices nada? ¿Estás triste porque nuestra querida *miss* Orne nos abandonó para ir a hacer un poco de compañía a la pobre *madame*? —preguntó Nelly, observando el semblante preocupado de la más alegre de todas ellas.

—Es que estoy pensando si debo o no deciros algo. No quiero asustar a los sirvientes, preocupar a *madame* ni enfadar a *miss* Orne; pues estoy convencida que ella no creería una palabra de lo que le diría, a pesar de haberlo visto con mis propios ojos —contestó Sally con tono tan misterioso, que las niñas exclamaron al unísono:

—¡Dinos de qué se trata!

—Os lo diré y tal vez alguna de vosotras pueda explicarme el enigma.

La niña se había puesto de pie, con las manos detrás de la espalda, y su expresión era tan extraña que todas la observaban ansiosas. Con voz apenas más fuerte que un débil murmullo, dijo:

—Chicas... he visto un fantasma.

Un estremecimiento general recorrió el grupo de niñas, y Cordelia ocultó la cabeza tras un almohadón del sofá, lanzando un débil grito.

—¿Dónde lo viste? —inquirió Julia, que era la más valiente de todas.

—En la azotea.

—¡Dios mío! ¿Y cuándo, Sally?

—¿Cómo era?

—¡No te burles para divertirte!

Las frases se sucedían tan rápidamente que la niña no podía contestar a ninguna.

—Aguardad un momento y os lo contaré todo —repuso Sally, pidiendo silencio con el gesto—. Anteanoche —prosiguió luego— estuve estudiando en mi cuarto hasta las once. Lo hice contra el reglamento, pero olvidé la hora... Cuando dejé de estudiar abrí la ventana a fin de ventilar la habitación. Era una hermosa noche de luna y, por lo tanto, salí a la galería a pasear un rato. Al mirar el cielo, mis ojos tropezaron con la azotea del ala principal del edificio, y vi una figura blanca con un velo sobre la cabeza, que caminaba tranquilamente de un lado para otro como si hubiese sido una sombra... Miré azorada, llamé quedamente, pero nadie me contestó, y de pronto la forma desapareció...

—¿Y qué hiciste? —preguntó Cordelia con voz trémula.

—Entré en mi cuarto, tomé mi lámpara y fui a la azotea. No había nadie y la puerta estaba cerrada con llave por dentro. Me quedé muy preocupada y pensé que se trataría de una ilusión de óptica debido al esfuerzo de haber estudiado hasta demasiado tarde, y por lo tanto me acosté. Esa fue la primera vez que lo vi.

—¡Misericordia! ¿Lo viste otra vez? —exclamó Maud, cogiendo el vigoroso brazo de Julia como en demanda de protección.

—Sí, pero esta vez en la alameda, a medianoche —murmuró Sally.

—¡Cierra la puerta, Kitty, y déjate de apretarme el brazo en esa forma, me haces daño! —dijo Nelly, mirando nerviosamente por encima de su hombro, mientras todos los demás ojos se hallaban fijos en Sally.

—Me levanté para cerrar mi ventana anoche, y vi una luz en la alameda. No era muy fuerte, pero lo suficiente, sin embargo, como para permitirme ver la misma forma blanca, con su velo sobre la cabeza, que caminaba de un lado para otro. Confieso que me puse nerviosa, pues os diré que existe cierta historia de aparecidos en esta casa.

Según dicen, el hombre que antes vivía aquí no permitió que su hija se casara con el hombre que amaba y la pobre se murió de pesar, y se dice que siempre se le aparecía al cruel padre, a tal punto que éste tuvo que partir de esta casa. Fue la cocinera que me lo contó cuando llegué, pero *madame* me hizo prometer que no lo repetiría, y por eso jamás os he dicho nada. Yo no creo en fantasmas, por supuesto, pero ¿qué diablos es lo que anda paseándose de noche en esa forma ridícula?

Sally hablaba nerviosamente y parecía agitada a pesar de su valor y del sentido común que la caracterizaba.

—¿Y cuánto tiempo permaneció? —preguntó Julia con uno de sus brazos alrededor del cuello de Maud, que estaba temblorosa y pálida.

—Un buen cuarto de hora por mi reloj, y luego desapareció, con luz y todo, tan repentinamente como la primera vez. Os aseguro que si vuelve a aparecerse lo seguiré para descubrir de qué se trata. ¿Quién quiere acompañarme?

Nadie se ofreció, y Cordelia, saliendo de detrás de su almohadón, dijo con voz implorante:

—¿Por qué no se lo cuentas a *miss* Orne o avisamos a la policía?

—Nada de eso. *Miss* Orne me tomaría por una tonta; en cuanto a la policía, no arresta a fantasmas. Lo haré yo misma y Julia me ayudará, lo sé. Es la más valiente de todas vosotras y no ha desarrollado los músculos de sus brazos en vano —dijo Sally, deseosa de conservar si era posible toda la gloria de la captura para ellas.

Halagada por el cumplido a sus brazos, Julia no rehusó la invitación, limitándose a sugerir con toda cordura:

—Tal vez sea una de las criadas lunáticas o enamoradas. Myra es muy sentimental y siempre está cantando:

"¡Oh!, querido mío,
sin cesar te aguardo,
ven a la orilla del río,
cuando brilla hermosa la luna..."

—No es Myra. Se lo pregunté, y la sola idea de salir al jardín de noche, después que ha oscurecido, la hace palidecer.

—¿Y qué es lo que pensáis hacer? —preguntó Nelly con gran respeto, mirando a Julia y Sally de pie, una al lado de la otra, como si estuviesen listas para librar una batalla.

—Vigilaremos y acecharemos, como hace el gato con el ratón, y saltaremos sobre nuestra víctima cuando llegue el momento. Prometed todas guardar el silencio a fin de que no se burlen de nosotras si resulta ser alguna tontería, lo que probablemente ocurrirá —contestó Sally.

—¡Lo prometemos! —contestaron solemnemente las demás niñas.

—Perfecto; ahora no hablemos más del asunto ni pensemos en él hasta que llegue el momento de actuar, de lo contrario ninguna de nosotras podrá conciliar el sueño —dijo Sally, alejándose tranquilamente con su aliada, como si después de haberlas asustado en esa forma les resultase posible olvidarlo todo a una palabra de mando.

El secreto fue mantenido, pero las lecciones y el sueño sufrieron por la excitación de las niñas. Gran revuelo había causado entre ellas aquella historia de fantasmas, y por la mañana se reunían todas a fin de enterarse de las novedades que tenían que contar quienes habían estado de vela. Todos sus dormitorios se comunicaban, y las niñas corrían de unos a otros en camisón a fin de pedir noticias de lo ocurrido durante la noche.

Miss Orne había notado los murmullos y las señales delatadoras de la existencia de algún secreto, pero no les dijo nada, pues *madame* le había confiado que las niñas estaban preparando un obsequio para regalarle antes de su partida. Por lo tanto, la maestra se hacía la sorda y la ciega, y sonreía ante el aire de importancia de sus jóvenes admiradoras.

Transcurrieron tres o cuatro días sin que hubiese señal alguna del fantasma. Las más valientes se burlaban de esa falsa alarma, mientras las más tímidas comenzaban a recobrar su tranquilidad perdida.

Sally y Julia comenzaban a estar molestas de tener que contestar siempre lo mismo a las ansiosas preguntas que sus compañeras les hacían todas las mañanas.

—¡Bah, lo has debido soñar, Sally! No vigiléis más, no vale la pena —dijo Nelly al quinto día, al ir al cuarto de sus compañeras y encontrarlas bostezando por falta de sueño.

—Ha hecho demasiado ejercicio y le trastornó la cabeza —rió Maud.

—Más hubiera valido que nos dejara tranquilas y no nos asustara en esa forma —gruñó Cordelia—. Yo solía dormir de un tirón toda la noche, y ahora tengo pesadillas horribles y me despierto más cansada que cuando me acuesto. Vamos, Kitty, dejémoslas con sus fantasmas y acostémonos —dijo Cordelia a su compañera de cuarto.

—Y dad mis recuerdos a la dama vestida de blanco cuando la veáis, si es que volvéis a verla —añadió Kitty, riendo, mientras salía de ese dormitorio para dirigirse al suyo.

—Tal vez tengan razón y más valga abandonar nuestra vela. Estoy cansadísima, y tú también, por falta de sueño —dijo Julia, echándose sobre la cama.

—Duerme tú si quieres. Yo me quedaré leyendo y si veo cualquier cosa anormal, te despertaré —contestó Sally, deseosa de probar la veracidad de su historia, aunque para ello tuviera que permanecer en vela todo el verano.

Julia no tardó en quedarse dormida, y su compañera permaneció leyendo hasta pasadas las once; luego apagó su luz y fue a dar una vuelta por la galería que corría alrededor de la casa, pues la noche estaba templada. Al volverse para regresar a su cuarto, sus ojos se dirigieron a la azotea, y vio contra la suave claridad del cielo moverse la blanca figura como la primera vez.

Corrió vivamente al cuarto, y sacudiendo con violencia a Julia le murmuró al oído llena de agitación:

—¡Ven! ¡Está allí! ¡Aprisa, vayamos a la azotea, aquí tengo la vela y las llaves!

Arrastrada por la vehemencia de su amiga, Julia obedeció en silencio sin atreverse a resistir, y como dos sombras las dos se deslizaron escaleras arriba y abrieron la puerta a tiempo para ver desaparecer el fantasma al borde de la azotea, como si se hubiese desvanecido. Julia se dejó caer desfalleciente, tal era su terror, pero Sally la obligó a levantarse y la condujo de nuevo a su dormitorio, diciendo con evidente satisfacción:

—¿Y bien? ¿Lo soñé o no? ¡Espero que ahora me creas!

—¿Y qué será? ¿Qué significará ese... ese fantasma? —tartamudeó Julia, completamente desmoralizada por el espectáculo.

—Empiezo a creer en fantasmas, pues ningún ser humano hubiera podido desaparecer en esa forma. Mañana hablaré a *miss* Orne —dijo Sally dirigiéndose a la ventana con vehemente deseo de cerrarla.

Pero se detuvo con la mano en alto, como si se hubiese convertido en una estatua de piedra, pues, mientras hablaba, la blanca figura pasó delante de ella lentamente. Julia corrió a refugiarse, de un salto, en el gabinete contiguo. Sally, picado su amor propio, contuvo el aliento y se inclinó hacia afuera para ver mejor. La velada figura seguía por la azotea con silenciosos pasos y se detuvo un instante en uno de sus extremos.

Sin aguardar a su compañera, Sally salió y la siguió. Mientras tanto Julia, en su escondite, esperaba a cada momento que se produjera alguna catástrofe, y le pareció que transcurrían horas antes del regreso de Sally. Cuando ésta llegó por fin, guardó severo silencio, y a todas las preguntas de su compañera sólo respondía con estas misteriosas palabras:

—Lo sé todo, pero no diré nada hasta mañana por la mañana. Vete a dormir.

Creyendo que su amiga estaba ofendida por su deserción, Julia bajó la cabeza y se fue a la cama quedándose dormida enseguida, tal era su cansancio. Sally también se durmió, sintiéndose como un héroe que descansa después de una ruda batalla.

Pero se despertó temprano y estuvo lista para recibir a sus visitantes habituales con aire triunfante que inmediatamente hizo comprender a las niñas que tenía alguna novedad que contarles.

Cuando sus amigas estuvieron instaladas a su alrededor, en sillas, mesas y todo lugar donde podían sentarse, Sally les contó, en pocas pero dramáticas palabras, las aventuras de la noche anterior, hasta el punto en que Julia corrió a ocultarse en el gabinete dejándola sola para afrontar al enemigo.

—Seguí al fantasma hasta que entró por una ventana —terminó diciendo.

—¿Qué ventana? —preguntaron a la vez cinco voces ansiosas.

—La última de la galería.

—¿La nuestra? —exclamó Kitty, pálida como su cuello de puntilla, mientras Cordelia, su compañera de dormitorio, permanecía azorada.

—Sí, y cuando se volvió para cerrar la ventana, el velo se le cayó y pude verle el rostro... ¡tal como lo veo ahora! —exclamó la niña, triunfante.

Todas sus compañeras se sobresaltaron como si hubiesen recibido una descarga eléctrica, mientras Nelly, mirando a todas, preguntaba a gritos:

—¿Dónde, dónde?

—¡Allí! —contestó Sally señalando el rostro más pálido en la habitación, mientras el suyo propio enrojecía de alegría.

—¿Cordelia?

Un grito de asombro e incredulidad siguió a esa pregunta, mientras Sally soltaba una carcajada al advertir el azoramiento del inocente fantasma.

En cuanto la tranquilidad se hubo restablecido lo suficiente como para permitirle hablar, dijo:

—Sí, era Cordelia que caminaba dormida. Llevaba puesta su larga bata de franela blanca y una toalla sobre la cabeza, y hacía sus ejercicios de marcha sobre la azotea a fin de no perder un instante. No me extraña que diga que por la mañana está cansada...

—¡Pero no pudo haberse desvanecido como lo hizo ese fantasma, sin romperse la cabeza! —exclamó Julia, incrédula.

—No se desvaneció, sino que bajó sencillamente por las escaleras dejadas allí por los pintores la semana pasada. Acabo de cerciorarme de ello. Los sonámbulos realizan cosas que serían incapaces de realizar en su estado normal, bien lo sabéis —dijo Sally, como si su experiencia en 1a materia fuese amplia y variada.

—¿Cómo pude yo hacer tal cosa? ¡Es horrible pensarlo! ¿Por qué me lo permitiste, Kitty? —exclamó quejumbrosa la pobre Cordelia, no sabiendo si estar orgullosa o avergonzada de su hazaña.

—Jamás se me ocurrió que pudieras hacer tal cosa, y nunca me despertaste. Los sonámbulos son siempre muy silenciosos, y por otra parte, aunque te hubiese visto, hubiera estado demasiado asustada para reconocerte. De aquí en adelante te ataré a tu cama, así no volverás a asustarnos —contestó Kitty, riendo alegremente.

—¿Y qué hice cuando volví al dormitorio? —preguntó Cordelia, llena de curiosidad.

—Te quitaste tu velo y tu bata y te metiste en cama. No me atreví a despertarte, y resolví guardar el secreto hasta esta mañana, y divertirme al contaros la novedad —contestó Sally, satisfecha del éxito de sus esfuerzos.

—Quiero adelgazar cuanto pueda antes de regresar a mi casa, pues los muchachos se burlan de mí, y supongo que es esa idea fija que se apoderó de mí haciéndome caminar hasta en sueños. Perdonadme por haberos asustado en esa forma, no lo haré más... si es que de mí depende. Y sobre todo, no habléis a nadie de esto, excepto a *miss* Orne. ¡He sido tan tonta! —se lamentó la pobre Cordelia casi llorando.

Todas se lo prometieron, consolándola lo mejor que pudieron; elogiaron mucho a Sally y se burlaron cariñosamente de Julia, divirtiéndose en grande hasta que sonó la campana del desayuno.

Miss Orne se preguntaba por qué todos aquellos rostros tendrían expresión tan alegre, pero no preguntó nada, y cuando por fin las niñas estuvieron reunidas con ella en el cuarto de estudios, le contaron el extraordinario cuento.

Grande fue el interés que demostró por el relato, y una vez que hubieron discutido bien el tema, prometió impedir que se produjeran nuevas escapadas y aconsejó a Cordelia que siguiera el régimen del doctor Banting para bajar de peso, durante las pocas semanas que le quedaban antes de regresar a su casa.

—Probaré cualquier cosa, con tal de que me impida hacer de fantasma y asustar a todas mis compañeras —dijo Cordelia.

—¿Cree usted en fantasmas, *miss* Orne? —preguntó Maud, que creía en ellos a pesar de la cómica explicación de éste.

—No creo en esa clase de fantasmas antiguos, pero sí en cierta clase moderna a quien todos tememos más o menos —contestó *miss* Orne, mitad seria y mitad burlona, mirando a las niñas a su alrededor.

—Hablemos de esos fantasmas —rogó Kitty, mientras las demás miraban llenas de interés a su maestra.

—Hay en particular una clase de fantasmas al que desearía que vosotras no temieseis. Las mujeres en particular se sienten atemorizadas por él, y les impide hacer muchas cosas. Ese fantasma formidable se llama: "*¿Y qué dirá la gente?*", y hace gran daño, pues pocas de nosotras tenemos el valor suficiente para perseverar en lo que sabemos que está bien si es censurado por los demás. Ahora vais a comenzar vuestras vidas, niñas queridas, y quisiera poder tener la seguridad de que lo que os enseñé respecto del cuidado de vuestra mente y vuestro cuerpo no será olvidado ni descuidado por el hecho de no estar de moda fuera de vuestro pequeño círculo.

—Yo jamás lo olvidaré o temeré a ese fantasma, *miss* Orne —exclamó Sally con rápido entendimiento y aceptando la advertencia con tanta oportunidad.

—Tengo gran fe en ti, querida, pues has probado ser valiente en enfrentar fantasmas. Pero éste es uno difícil de vencer, por lo tanto no os descuidéis, queridas mías, y haced que esos *jerseys* que tanto os agradan cubran no solamente unos cuerpos sanos, sino unos corazones felices que os ayudarán a ser mujeres dulces, comprensivas y útiles en la vida. Prometédmelo, queridas niñas, y así me sentiré satisfecha pensando que nuestro invierno no ha sido malgastado y que nuestra primavera está llena de bellas promesas y anuncia un verano espléndido.

Mientras hablaba, con su hermoso semblante deslumbrante de esperanza y afecto, *miss* Orne abrió sus brazos y reunió en ellos a todas las niñas, como para sellar sus promesas con besos agradecidos, más elocuentes que las palabras.

Durante largos años las seis niñas conservaron los *jerseys* de seda blanca que llevaron en la fiesta de fin de curso, y durante toda su vida recordaron las lecciones que les ayudaron a ser lo que su buena maestra deseaba que fueran, es decir, mujeres sanas, felices y útiles.

Mary E. Wilkins Freeman

Finalizada la guerra civil estadounidense, en 1865, el sur se vio en la necesidad de incorporarse a un proyecto que intentaba integrar al vasto territorio de los Estados Unidos. La literatura se volvió el medio por el cual la sociedad sureña comenzó a adaptarse a los cambios que acarreaba el triunfo del ejército del norte. A partir de la década de 1870, la nueva literatura sureña renovó los valores tradicionales desde un realismo que bogaba por un espíritu mo-

derno, lejos de la esclavitud y de los sueños de país agrario.

Esa renovación cultural tuvo como protagonistas a una serie de escritoras que surgieron en la Nueva Inglaterra y que marcaron una senda que otros escritores como Erskine Caldwell o William Faulkner, bien entrado en el siglo XX, continuaron. Mary Wilkins Freeman fue una de esas primeras escritoras.

Nació en el seno de una familia religiosa, conviviendo y reproduciendo los valores tradicionales de la ciudad sureña de Randolph. A pesar del arraigo de la familia al lugar, cuando cerró la fábrica de calzados debieron mudarse a Brattleboro, en el condado de Vermont.

Luego de haber estudiado en dos seminarios y tras la muerte de su padre, regresó a Randolph. Fue una etapa de transición, en la que permaneció aferrada a los valores sureños y en la que la religión era el eje de su vida.

Desde la década de 1880 Wilkins Freeman comenzó a publicar sus primeros cuen-

tos, en los se aprecian las influencias de su experiencia en el seminario y de su formación religiosa. Tanto en "A Humble Romance" como en "New England Nun", ambos publicados en el año 1887, las protagonistas de sus relatos fueron mujeres que llegaban hasta el sacrificio personal para demostrar su compromiso con la moral religiosa. Son personajes que desde diferentes actitudes muestran su oposición a los valores del sur rural del país del norte.

La mujer que describió Wilkins Freeman estaba acosada de dramas: la soltería, la marginación cultural y la ausencia de hombres luego de que muchos de ellos murieran en la guerra civil. Sin embargo, esa soledad les otorgó una voluntad tal que fueron capaces de enfrentar las adversidades y se convirtieran en mujeres emprendedoras, fuertes, voluntariosas.

La preocupación de Rebecca Harding Davis, otra de las escritoras que surgieron de la

Nueva Inglaterra, fue la condición de vida de la clase obrera. En 1901, Wilkins Freeman publicó la novela The Porton of Labor, *en donde apareció, por sus personajes y su temática, la fuerte influencia de Harding Davis.*

Sin embargo, la novela con mayor difusión de Wilkins Freeman fue Pembroke, *publicada en 1894, obra que se convirtió en un fiel espejo de la represión y la marginación cultural que padecieron las mujeres en Nueva Inglaterra.*

Wilkins Freeman llevó a la literatura femenina sureña a un prestigio que le valió ser miembro de la Academia Norteamericana de las Artes, junto con Edith Wharton, luego de recibir el célebre premio Howells de novela en 1926.

Intentó también, a los 50 años, resolver su soledad al casarse con un empresario de la madera. Los negocios de Charles Freeman obligaron a la flamante pareja mudarse a Nueva Jersey. Charles, siete años más joven que ella, era un negociante exitoso pero un hombre alcohólico e infiel. La pareja duró poco y en 1923 se separaron.

Wilkins Freeman volvió a ser la mujer solitaria y comprometida con sus ideales y su trabajo, tan parecida a sus personajes. Y así murió, en 1930, sola, en la ciudad de Nueva Jersey.

Una monja de Nueva Inglaterra

Eran las últimas horas de la tarde y la luz comenzaba a palidecer. Allí, en el patio, las sombras de los árboles presentaban un aspecto diferente. A lo lejos mugían las vacas y tintineaba una campanita; de cuando en cuando pasaba bamboleándose un carro haciendo remolinear el polvo; algunos labradores, de camisa azul, con palas sobre el hombro, caminaban pesadamente; pequeños enjambres de moscas giraban delante de las caras de la gente en el aire tibio. Parecía que se alzaba de todas las cosas una leve agitación, únicamente para apaciguarse después..., una verdadera premonición del descanso, el silencio, la noche.

Esa suave conmoción diurna se manifestó también en Louisa Ellis. Había estado cosiendo tranquilamente ante la ventana de su salita toda la tarde. En ese momento clavó con cuidado la aguja en su labor, que plegó pulcramente, y la guardó en una cesta junto con su dedal, el hilo y las agujas. Louisa Ellis no podía recordar que en toda su vida hubiera dejado en otra parte estos pequeños adminículos femeninos, que habían llegado a ser, a través del prolongado uso y la constante asociación, parte de su misma personalidad.

Louisa se ató un delantal verde en torno a la cintura y sacó un ancho sombrero de paja con una cinta verde. Luego salió al jardín con un pequeño bol de loza azul, para cortar algunas grosellas para el té. Después de recogerlas se sentó en el escalón de la puerta del fondo y cortó los tallos, juntándolos cuidadosamente en su delantal, y arrojándolos después al gallinero. Miró atentamente el césped junto al escalón para ver si no había caído ninguno allí. Louisa era de movimientos lentos y silenciosos; le llevaba largo rato prepararse el té; pero cuando estaba listo lo servía con tanta gracia como si ella fuera una visita para sí misma. La pequeña mesa cuadrada estaba exactamente en el centro de la cocina y la cubría un mantelito de hilo almidonado cuyo borde con flores bordadas resplandecía. Louisa tenía una servilleta de damasco sobre la bandeja, donde había dispuestos un vaso de vidrio labrado lleno de cucharillas, una jarrita de plata para crema, una azucarera de porcelana, y una taza y platillo de porcelana rosada. Usaba la porcelana a diario..., cosa que no hacía ninguna de sus vecinas. Murmuraban al respecto entre ellas. En sus mesas de diario ponían loza común, y sus juegos de porcelana de mejor calidad los tenían guardados en el armario de la sala, y Louisa Ellis no era más rica ni más fina que ellas. Sin embargo, usaba la porcelana. Se había servido para el té una fuente de cristal llena de grosellas azucaradas, una bandejita de pastas y una de livianos bizcochos blancos. También una hoja o dos de lechuga, que cortó minuciosamente. A Louisa le gustaba mucho la lechuga, que cultivaba a la perfección en su pequeño huerto. Comía con excelente apetito, aunque con delicadeza, picoteando; parecía casi sorprendente que fuera desapareciendo tan considerable cantidad de alimentos.

Después del té llenó una bandeja de bizcochos de maíz muy bien cocidos y salió al patio.

—¡César! —llamó—. ¡César! ¡César!

Se produjo cierto movimiento y se oyó el ruido de una cadena, y un gran perro blanco y amarillo apareció en la puerta de su minúsculo albergue, que se hallaba semiescondido entre el alto pasto y las flores. Louisa lo acarició y le dio los bizcochos de maíz. Luego volvió a entrar en la casa y lavó las cosas del té, secando cuidadosamente la porcelana. La penumbra se había adensado; el coro de las ranas flotaba ante la ventana abierta de manera maravillosamente sonora y aguda, horadado a intervalos por el prolongado y estridente canto de un sapo. Louisa se quitó el delantal de algodón verde, dejando ver otro más corto estampado en rosa y blanco. Encendió la lámpara y se sentó, retomando su costura.

Pasada una media hora llegó Joe Dagget. Oyó su pesado paso en el sendero, y se levantó y se quitó el delantalito blanco y rosa. Debajo de éste usaba otro de hilo blanco con un pequeño borde de batista en la parte inferior; era el que Louisa se ponía cuando recibía visitas. Jamás lo llevaba sin atarse encima su delantal de costura de percal, a menos que se hallara con visitas. Acababa apenas de plegar el blanco y rosado con metódica prisa y de guardarlo en un cajón de la mesa, cuando se abrió la puerta y entró Joe Dagget.

Parecía llenar toda la habitación. Un pequeño canario amarillo que había estado durmiendo en su jaula verde junto a la ventana del sur, se despertó y aleteó locamente golpeándose las pequeñas alas amarillas contra los alambres. Siempre hacía lo mismo cuando entraba Joe Dagget en la habitación.

—Buenas tardes —dijo Louisa. Extendió la mano con una especie de solemne cordialidad.

—Buenas tardes, Louisa —respondió el hombre con voz fuerte.

Ella le acercó una silla y se situaron uno frente al otro, con la mesa entre los dos. Él se sentó derecho, extendiendo rígidamente sus pesados pies y mirando en torno al cuarto con tolerante incomodidad. Ella se sentó delicadamente erguida, cruzando las delgadas manos sobre la falda cubierta de hilo blanco.

—Hoy ha sido un lindo día —observó Dagget.

—Muy lindo —asintió Louisa suavemente—. ¿Has estado cortando el heno? —preguntó, después de unos instantes.

—Sí, he estado cortando el heno todo el día, allí en el terreno de cuatro hectáreas. Un buen trabajo.

—Seguramente.

—Sí, buen trabajo allí al sol.

—¿Se siente bien hoy tu madre?

—Sí, mamá se siente muy bien.

—¿Supongo que Lily Dyer está con ella ahora?

Dagget se ruborizó.

—Sí, está con ella —contestó él con lentitud.

No era demasiado joven, pero su cara grande tenía una expresión juvenil. Louisa contaba menos edad, tenía la cara más clara y lisa, pero le daba la impresión a la gente de ser mayor que él.

—Seguramente le sirve de gran ayuda a tu madre —dijo después.

—Creo que sí; no sé cómo se las arreglaría mamá sin ella —repuso Dagget, con una especie de turbada vehemencia.

—Parece una muchacha muy capaz. Además es bonita —observó Louisa.

—Sí, es muy bonita.

Y Dagget empezó a toquetear los libros que se hallaban sobre la mesa. Había un álbum de fotografías, rojo y cuadrado, y un Libro de Regalo de Señorita que habían pertenecido a la madre de Louisa; él los levantó uno después de otro y los abrió; luego los volvió a dejar, el álbum sobre el Libro de Regalo.

Louisa se los quedó mirando con cierto malestar. Por último se levantó y cambió la posición de los libros, poniendo el álbum debajo. Era como estaban ordenados antes.

Dagget emitió una risita de confusión.

—¿Qué importa qué libro queda arriba? —preguntó.

Louisa lo miró con una sonrisa de desaprobación.

—Siempre los tengo así —murmuró.

—Eres impagable —dijo Dagget, tratando de volver a reír. Su ancho rostro se había cubierto de rubor.

Se quedó alrededor de una hora, y luego se levantó para despedirse. Al salir tropezó con un felpudo, y al tratar de recobrar el equilibrio chocó contra la cesta de costura de Louisa que estaba sobre la mesa, y la tumbó al suelo.

Miró a Louisa, después a los carreteles que rodaban; se lanzó torpemente para recogerlos, pero ella lo detuvo.

—No importa —dijo—, yo los levantaré después que te hayas ido.

Hablaba con cierta tiesura. O estaba ligeramente desasosegada o la nerviosidad de él la afectaba, y la hacía parecer forzada en su intento de tranquilizarlo.

Cuando Joe Dagget estuvo afuera aspiró con un suspiro el dulce aire del atardecer; los sentimientos que lo dominaban en ese momento eran muy parecidos a los que podría tener un oso inocente y perfectamente bien intencionado después de salir de un bazar. Los de Louisa, por su parte, eran los que podría abrigar el indulgente y sufrido dueño del bazar después de la salida del oso.

Se ató a la cintura el delantal rosado, luego el verde, recogió todos los tesoros desparramados y volvió a colocarlos en su cesta de labor y alisó el felpudo. Después puso la lámpara en el piso y procedió a examinar atentamente la alfombra. Incluso la frotó con los dedos y luego se los miró.

—Ha traído una buena cantidad de polvo —murmuró—. Ya me parecía que lo iba a traer.

Fue a buscar un escobillón y una pala y barrió cuidadosamente las marcas de pisadas dejadas por Joe Dagget.

Si él lo hubiera sabido, habrían aumentado su perplejidad y molestia, aunque su lealtad no habría mermado en lo más mínimo. Venía dos tardes por semana a visitar a Louisa Ellis, y todas las veces, sentado en el encantador y delicado cuarto, se sentía como rodeado por un cerco de encaje. Temía moverse, no fuera a meter una torpe mano o pie a través de la irreal malla, y siempre tenía conciencia de que Louisa lo observaba temerosa de que efectivamente lo hiciera.

Sin embargo, el encaje y Louisa se tenían necesariamente granjeados todo su respeto, paciencia y lealtad. Iban a casarse dentro de un mes, después de un singular noviazgo que se había prolongado cerca de quince años. Durante catorce de ellos no se habían visto y habían intercambiado escasas cartas. Joe había estado todo ese tiempo en Australia, adonde había ido para hacer fortuna, y allí había permanecido hasta lograrlo. Se habría quedado cincuenta años de haber sido necesario, volviendo débil y vacilante, o no habría vuelto nunca, para casarse con Louisa.

Pero la fortuna se había hecho en esos catorce años y ahora había regresado para casarse con la mujer que, paciente e incuestionablemente, lo había estado esperando todo ese tiempo.

Poco después de haberse comprometido había anunciado a Louisa su determinación de probar nuevos horizontes y asegurar su posición antes de contraer matrimonio. Ella lo escuchó y había asentido con la dulce serenidad que nunca la abandonaba, ni siquiera cuando su amado partió para ese largo e incierto viaje. Joe, a pesar de estar sostenido por su firme determinación, se acobardó un tanto en los últimos momentos, pero Louisa lo besó, ruborizándose ligeramente, y se despidió de él.

—No será por mucho tiempo —había dicho el pobre Joe, con voz ronca, pero tardó catorce años.

En ese lapso habían ocurrido muchas cosas. La madre y el hermano de Louisa habían muerto y ella quedó sola en el mundo. Pero el suceso más importante de todos –un suceso sutil que ambos eran demasiado simples para comprender– fue que los pies de Louisa habían escogido un sendero, amable quizá, bajo un cielo calmo y sereno, pero tan recto e indesviable que sólo podría hallar término en la tumba, y tan estrecho que no cabía nadie a su lado.

La primera emoción de Louisa cuando Joe Dagget volvió (no le había avisado su llegada) fue de consternación, aunque no se lo confesó a sí misma, y él jamás se lo imaginó. Quince años antes ella había estado enamorada de él..., al menos así lo creía. En esa época, aceptando mansamente y cayendo en la natural inclinación de las muchachas, había considerado el matrimonio como un hecho de la vida razonable y probablemente digno de ser deseado. Había escuchado con tranquila docilidad las opiniones de su madre sobre el tema. Su madre se destacaba por su sensatez y su temperamento dulce y ecuánime. Habló con prudencia a su hija cuando se presentó Joe Dagget y Louisa lo aceptó sin vacilar. Era su primer cortejante.

Le había sido fiel durante todos esos años. Jamás se le había pasado por la mente la posibilidad de casarse con ningún otro. Su vida, especialmente durante los últimos siete años, había estado llena de una grata apacibilidad, y jamás se había sentido descontenta o impaciente por la ausencia de su novio; sin embargo, siempre consideraba su regreso y el matrimonio de ambos como la inevitable conclusión del curso de las cosas. Pero se había acostumbrado a situarlos en un futuro tan remoto que casi equivalía a colocarlos más allá del linde de la otra vida.

Cuando Joe regresó, ella lo estaba esperando y había estado esperando casarse con él por espacio de catorce años, pero quedó tan sorprendida y desconcertada como si jamás hubiera pensado en eso.

La consternación de Joe vino después. Miró a Louisa con una instantánea confirmación de su antigua admiración. Había cambiado muy poco. Conservaba aún sus lindos modales y suave gracia, y en su opinión seguía tan atractiva como siempre. En cuanto a él, su hazaña estaba cumplida: ya no le interesaba buscar fortuna, y los viejos aires del romanticismo sonaban en sus oídos con la misma fuerza y dulzura que antes. Y el único canto que estaba acostumbrado a percibir en ellos era Louisa; durante largo tiempo había alimentado la leal convicción de que seguía oyéndolos, pero por último empezó a parecerle que, aunque los aires dejaban oír invariablemente esa única canción, el nombre era otro. Para Louisa, en cambio, esos aires no habían hecho nunca más que susurrar; ahora se habían acallado y todo estaba silencioso. Escuchó otro poco con semianhelosa atención, luego se volvió tranquilamente y se puso a coser su ajuar.

Joe había hecho algunas amplias y verdaderamente magníficas reformas en su casa. Era el antiguo hogar; la nueva pareja viviría allí, pues Joe no podía dejar a su madre, que se negaba a abandonar su vieja casa. De manera que Louisa debía abandonar la suya. Todas las mañanas, al levantarse, empezaba a andar entre sus pulcras pertenencias de doncella, y se sentía como quien mira por última vez los rostros de seres queridos. Era verdad que dentro de ciertos límites podría llevárselos consigo; pero, sacados de su antiguo medio revestirían un aspecto tan distinto que casi dejarían de ser los mismos. Y además había ciertos rasgos de su vida solitaria a los que probablemente debería renunciar por entero. Probablemente recayeran sobre ella tareas más difíciles que las esmeradas pero casi innecesarias a que estaba acostumbrada. Tendría a su cargo el cuidado de una gran casa; tendría que recibir visitas; tendría que atender a la exigente y valetudinaria madre de Joe; e iría en contra de todas las parsimoniosas tradiciones del pueblo tomar más de una sirvienta. Louisa tenía un pequeño alambique, y solía entretenerse agradablemente durante el verano destilando las dulces y aromáticas esencias de las rosas, la menta y la hierbabuena. Muy pronto su alambique tendría que ser dejado de lado. Contaba ya con una considerable reserva de perfumes y no tendría tiempo para destilar por puro placer. Además, la madre de Joe lo consideraría una tontería; ya había dejado traslucir su opinión al respecto. A Louisa le encantaba coser lencería, no siempre para usarla, sino por el simple y delicado placer que ello le producía. Le molestaría tener que confesar que más de una vez había deshecho una costura por el mero gusto de volverla a coser. Sentada ante su ventana durante largas y apacibles tardes, clavando suavemente la aguja en la primorosa tela, era la serenidad misma. Pero había pocas probabilidades de que pudiera permitirse en el futuro ese tonto placer. La madre de Joe, dominadora, vieja matrona regañona como seguía aún siendo en la ancianidad, y muy probablemente el mismo Joe, con su sincera rudeza masculina, se reirían y fruncirían el ceño ante esos gentiles pero absurdos hábitos de solterona.

Louisa experimentaba casi un entusiasmo de artista ante el simple orden y la limpieza de su solitario hogar. Sentía palpitaciones de genuino triunfo al mirar los vidrios de las ventanas que había pulido hasta hacerlos brillar como espejos. Se deleitaba dulcemente ante los ordenados cajones de su tocador, con su contenido exquisitamente plegado, fragante de lavanda y hierbas olorosas. ¿Podría contar siquiera con la perduración de todo esto? Tenía visiones, tan chocantes que ella casi las repudiaba como faltas de delicadeza, de rudas prendas masculinas esparcidas en infinito desorden; de polvo y desarreglo surgiendo inevitablemente de una tosca presencia de varón en medio de toda esa suave armonía.

Entre sus presentimientos de trastornos, no era el menor el que concernía a César. César era un perro verdaderamente ermitaño. La mayor parte de su vida había transcurrido en su retirada casilla, excluido de la sociedad de sus semejantes y de todas las inocentes alegrías caninas. Jamás, a partir de su primera juventud, había acechado la madriguera de una marmota; jamás había conocido los placeres de un hueso tirado frente a la puerta de la cocina de algún vecino. Y todo eso a causa de un pecado cometido cuando apenas había salido de la condición de cachorro. Nadie sabía la intensidad de remordimiento de que este viejo perro de mansa expresión y aspecto enteramente inofensivo era capaz; pero, hubiera experimentado remordimientos o no, había pagado una colmada dosis de justa retribución. El viejo César raras veces alzaba la voz en un gruñido o un ladrido; era gordo y dormilón; tenía anillos amarillos que parecían anteojos en torno a los apagados y viejos ojos; pero había un vecino que conservaba en la mano la huella de varios de los blancos y agudos dientes jóvenes de César, y por eso había vivido al extremo de una cadena, solitario en una reducida casilla, por espacio de catorce años. El vecino, furioso e irritado por el dolor de la herida, había exigido la muerte o bien el completo ostracismo de César. Y el hermano de Louisa, que era el dueño del perro, le había construido esa pequeña perrera y lo había atado a la cadena. Habían pasado catorce años desde que infligiera ese memorable mordisco en un acceso de brío juvenil, y con la excepción de breves excursiones, siempre atado a la cadena y bajo la estricta vigilancia de su dueño o de Louisa, el perro había llevado una vida de prisionero. Resulta dudoso que, con su limitada ambición, se enorgulleciera mucho del hecho, pero es lo cierto que gozaba de gran mala fama. Todos los chicos del pueblo y muchos adultos lo consideraban un verdadero monstruo de ferocidad. El dragón de San Jorge no habría podido ganar en mala reputación al viejo perro amarillo de Louisa Ellis. Las madres advertían a sus hijos con solemne énfasis que no se le acercaran, y los niños atendían ávidamente a estas palabras, con un fascinado apetito de terror, y al pasar frente a la casa de Louisa se deslizaban sigilosamente con muchas miradas de costado y por encima del hombro al terrible perro. Si por casualidad emitía un ronco ladrido, se producía un movimiento de pánico. Los transeúntes que acertaban a entrar en el patio de Louisa lo miraban con respeto y preguntaban si la cadena era fuerte. César en libertad podría haber parecido un perro muy corriente y no haber suscitado ningún comentario; encadenado, su reputación lo superó, de manera que perdió sus justas proporciones y parecía oscuramente vago y enorme. Sin embargo, Joe Dagget, con su jovial sensatez y perspicacia, lo vio tal como era. Se le acercó valientemente y le acarició la cabeza, a pesar del sofocado clamor de advertencia de Louisa, y aun intentó soltarlo. Pero Louisa se alarmó de tal modo que desistió, aunque siguió manifestando de cuando en cuando con toda energía su opinión sobre el asunto.

—No hay perro de mejor índole en todo el pueblo —decía—, y es una verdadera crueldad tenerlo allí atado. Algún día lo soltaré.

Louisa abrigaba muy escasas esperanzas de que no lo hiciera un día cualquiera, cuando los intereses y las pertenencias de ambos se hubieran confundido totalmente. Se representaba a César provocando desastres en la tranquila y desprevenida población. Veía a niños inocentes sangrando a su paso. Por su parte quería mucho al viejo perro, porque había pertenecido a su hermano muerto, y el animal se mostraba siempre muy dócil con ella; sin embargo, estaba absolutamente persuadida de su ferocidad. Siempre avisaba a la gente que no se le acercara demasiado. Lo alimentaba con ascética comida de gachas de maíz y bizcochos, y jamás estimulaba su peligroso temperamento con una dieta rica en calorías como la carne y los huesos. Louisa miraba mascar al viejo perro su sencilla comida y al pensar en su próximo casamiento temblaba. Sin embargo, ninguna premonición de desorden y confusión en lugar de la dulce paz y armonía, ninguna premonición de César provocando desastres, ningún enloquecido aletear de su pequeño canario amarillo fueron suficientes para apartarla un ápice de su decisión. Joe Dagget la había querido y había trabajado por ella durante todos esos años. No sería ella la que, pasara lo que pasara, se mostrara infiel y le destrozara el corazón. Continuó cosiendo con exquisitas y minúsculas puntadas su ajuar y el tiempo prosiguió su marcha hasta que sólo faltó una semana para el día de la boda. Era un martes por la tarde y el casamiento se celebraría el miércoles de la semana siguiente.

Era una noche de luna llena. A eso de las nueve, Louisa salió a dar un corto paseo por el camino. A cada lado se extendían campos segados, cercados por bajos paredones de piedra. Detrás de ellos crecían exuberantes grupos de arbustos y a trechos árboles: cerezos silvestres y viejos manzanos. Después de un rato, Louisa se sentó sobre el paredón y miró en torno con reflexiva melancolía. La ocultaban a ambos lados altos matorrales de campanillas y ulmarias, entrelazadas entre sí y confundidas con tallos de zarzas y rosales silvestres. Se hallaba en un pequeño claro en medio de todas esas plantas. Enfrente, del otro lado del camino, se alzaba un árbol de ramas extendidas; la luna brillaba entre el ramaje y las hojas resplandecían como plata. El camino estaba cubierto de una hermosa capa de movedizas manchas de plata y oscuridad. Llenaba el aire una misteriosa dulzura.

—¿Serán uvas silvestres? —murmuró Louisa.

Permaneció allí sentada unos momentos. Estaba a punto de levantarse, cuando oyó pisadas y unas voces quedas, y no se movió. Era un lugar solitario y sintió cierto temor. Pensó mantenerse inmóvil en la sombra y dejar pasar a esas personas, fueran quienes fuesen. Pero justo antes de llegar hasta ella, las voces cesaron al mismo tiempo que las pisadas. Comprendió que los que venían también habían encontrado dónde sentarse sobre el paredón de piedra. Pensó si no podría escabullirse inadvertidamente, pero en ese momento una de las voces quebró el silencio. Era la de Joe Dagget. Louisa permaneció inmóvil y escuchó.

La voz fue precedida por un hondo suspiro, tan familiar como aquélla:

—Y bien —dijo Dagget—, ¿entonces está usted resuelta?

—Sí —repuso otra voz—. Me voy pasado mañana.

"Es Lily Dyer", pensó Louisa entre sí. La voz se corporizó en su mente. Vio a una muchacha alta y de figura plena, con rostro de líneas firmes y hermosas, que parecían aun más firmes y hermosas a la luz de la luna, con su fuerte cabellera amarilla anudada en un prieto rodete. Una muchacha llena de una tranquila y rústica fortaleza y lozanía, con modales tan seguros que podrían haber convenido a una princesa. Lily Dyer gozaba de gran popularidad entre la gente del lugar; tenía las cualidades que suscitan la admiración. Era buena, hermosa e inteligente. Louisa había oído a menudo prodigarle alabanzas.

—Y bien —respondió Joe Dagget—. No tengo nada que decir.

—No sé qué podría decir usted —replicó Lily Dyer.

—Nada que decir —repitió Joe, alargando pesadamente las palabras. Luego se produjo un silencio—. No lamento —siguió diciendo por fin— lo que ocurrió ayer... que hayamos manifestado en cierto modo lo que sentimos el uno por el otro. Creo que es mejor que lo sepamos. Claro que yo no puedo obrar de ningún otro modo. Yo seguiré adelante y me casaré la semana próxima. No voy a echarme atrás ante una mujer que me ha esperado catorce años, para destrozarle el corazón.

—Si usted la dejara plantada mañana, yo no podría aceptarlo —exclamó la muchacha con súbita vehemencia.

—Bueno, no le daré la oportunidad —dijo él—, pero yo tampoco creo que usted me aceptaría.

—Vería usted que no. El honor es el honor, y lo justo es lo justo. Y jamás me inspiraría el menor respeto un hombre que fuera en contra de estos principios por mí o por cualquier otra muchacha; ya lo vería usted, Joe Dagget.

—Bueno, también verá usted bien pronto que no iré en contra de ellos por usted ni por ninguna otra muchacha —respondió él.

Sus voces sonaban casi como si estuvieran irritados el uno contra el otro. Louisa escuchaba ávidamente.

—Lamento que crea usted que debe irse —prosiguió Joe—, pero tal vez sea lo mejor.

—Claro que es lo mejor. Supongo que usted y yo tenemos sentido común.

—Sí, me parece que tiene usted razón. —De pronto la voz de Joe cobró un matiz de ternura—. Oiga usted, Lily —dijo—, yo me las arreglaré bien por mi parte, pero me resulta inaguantable tener que pensar que... ¿No se obligará usted demasiado?

—Estoy segura que comprobará usted que no me afligiré demasiado por un hombre casado.

—Bueno, espero que no..., espero que no, Lily. Dios sabe que así lo deseo. Y... espero que... en cualquier momento... usted podrá encontrar a otra persona.

—No veo por qué no —replicó ella. Pero de pronto su tono cambió. Habló con voz dulce, clara, tan alto que se la podría haber oído desde el otro lado de la calle—: No, Joe Dagget —dijo—. Jamás me casaré con otro hombre mientras viva. Tengo sentido común y no se me destrozará el corazón ni cometeré ninguna tontería, pero jamás me he de casar; puede estar usted seguro. No pertenezco a esa clase de muchachas que pueden sentir así dos veces.

Louisa oyó una exclamación y un ligero movimiento detrás de los arbustos; luego

Lily volvió a hablar. La voz sonaba como si se hubiera puesto de pie.

—Debemos ponerle fin a esto —dijo—. Hemos estado aquí bastante. Me voy a casa.

Louisa permaneció allí como aturdida, oyendo los pasos de ambos al alejarse. Pasado un rato se levantó y se deslizó también silenciosamente hacia su casa. Al día siguiente realizó metódicamente sus tareas domésticas; le resultaban tan naturales como el respirar; pero no cosió las ropas de su ajuar. Se sentó ante la ventana y meditó. Al atardecer llegó Joe. Louisa Ellis jamás había sabido que tuviera algo de diplomacia, pero cuando debió recurrir a ella esa noche, halló que figuraba, aunque de muy mansa índole, entre sus pequeñas armas femeninas. Ni siquiera en ese momento podía creer que había oído bien, y que no le infligiría a Joe un tremendo daño si rompía su promesa de casamiento. Quería sondearlo sin dejar traslucir demasiado pronto su propia inclinación en el asunto. Logró su propósito, y por último llegaron a un acuerdo, pero fue cosa difícil porque él temía tanto como ella traicionar sus sentimientos.

Louisa no mencionó en absoluto a Lily Dyer. Dijo sencillamente que no tenía ningún motivo de queja contra él, pero que había vivido tan largo tiempo a su manera que retrocedía ante la idea de introducir un cambio.

—Bueno, yo nunca me echo atrás, Louisa —dijo Dagget—. Seré lo bastante sincero para admitir que en mi opinión quizá sea mejor así; pero si tú hubieras querido seguir, yo no me habría separado de ti hasta el día de mi muerte. Espero que lo hayas comprendido.

—Sí, lo he comprendido —dijo ella.

Esa noche, Louisa y Joe se despidieron más afectuosamente de como lo habían hecho en mucho tiempo. Mientras estaban de pie ante la puerta, teniéndose de las manos, se sintieron invadidos por una última gran oleada de melancólica remembranza.

—Bueno, no creímos que todo iba a terminar así, ¿verdad, Louisa? —dijo Joe.

Ella sacudió la cabeza. Un leve temblor recorría su plácido rostro.

—No dejes de avisarme si hay algo que pueda hacer por ti —dijo él—. Jamás te olvidaré, Louisa.

Luego la besó y se alejó por el sendero.

Esa noche Louisa lloró un poco a solas, casi sin saber por qué, pero a la mañana siguiente, al despertar, se sintió como una reina que después de temer que su reino le fuera arrebatado ve firmemente asegurado su dominio.

Ahora las altas hierbas y el pasto podrían rodear la pequeña casilla de ermitaño de César, la nieve podría caer sobre su techo año tras año, pero el perro jamás provocaría desastres en el desprevenido pueblo.

Ahora el pequeño canario podría enroscarse noche tras noche hasta formar una apacible pelota redonda, sin tener por qué despertar y agitarse con loco temor entre los alambres. Louisa podría coser prendas de lencería y destilar rosas y sacudir el polvo y frotar y guardar ropa entre lavanda todo el tiempo que se le antojara. Esa tarde se quedó sentada con su costura junto a la ventana, sintiéndose completamente en paz. Lily Dyer pasó frente a la casa, alta, erguida y lozana, pero ella no sintió ningún resquemor. Si Louisa Ellis había vendido su primogenitura no lo sabía, tan delicioso era el sabor de las lentejas que habían constituido durante tanto tiempo su única satisfacción. La serenidad y la plácida estrechez habían llegado a ser para ella la misma primogenitura. Contempló imaginativamente un vasto horizonte de días futuros ensartados como las cuentas de un rosario, cada uno de ellos igual al anterior, y todos calmos, intachables o inocentes, y el corazón se le inflamó de gratitud. Afuera resplandecía la ardiente tarde estival; resonaban en el aire los ruidos de la bulliciosa cosecha de los hombres, los pájaros y las abejas; se oían olas, ruidos metálicos, dulces gorjeos y prolongados zumbidos. Louisa estaba allí sentada, enumerando piadosamente sus días, como una monja fuera del claustro.

Sarah Orne Jewett

El pueblo de South Berwick, en el condado de Maine, fue para Sarah Orne Jewett el lugar donde nació, el 3 de septiembre de 1849, donde creció como escritora e intelectual, el escenario de sus relatos, y también donde murió, el 24 de junio de 1909.

Su padre, Thoeodore Herman, era el médico más conocido del pueblo y conservaba una de las bibliotecas más completas. La lectura era uno de los entretenimientos que compartían Sarah Jewett y sus dos herma-

nas. Comenzó a escribir desde niña, y apenas cumplidos los quince años, sus cuentos comenzaron a ser publicados en diferentes revistas. Eran relatos infantiles que tendrían un elemento común con el resto de su obra: el pueblo de Maine como escenario y sus habitantes como personajes.

Varios de esos cuentos fueron incluidos en su primer libro, Deephaven, *de 1877. Sus relatos encierran un ambiente asfixiante, con un denso pesimismo que es aliviado por la ternura de sus personajes: marineros, aldeanos y señoras humildes, ancianos melancólicos.*

Ese mismo año conoció a Annie Fields, esposa del conocido editor James T. Fields. La pareja contactó a Sarah Jewett con el ambiente intelectual de la ciudad de Boston, con los escritores Henry James, Mark Twain, Rudyard Kipling, Harriet Beecher Stowe y Willa Cather.

La amistad con Annie se profundizó después de la muerte del padre de Jewett, en 1878. Y cambió aun más luego de que Annie enviudará, en 1890. Comenzaron a viajar a Europa, presentándose juntas en eventos culturales.

Annie y Sarah formaron una pareja atípica de lesbianas. Por un lado, porque Sarah tenía quince años menos. Y por otro, porque Annie continuaba manteniendo relaciones con hombres. A pesar de que el siglo XIX llegaba a su fin, en la sociedad norteamericana se estaban volviendo habituales los manifiestos que defendían la causa homosexual. Al igual que Willa Cather, se comprometieron con la lucha por la libertad sexual, en un contexto en el que la mujer, según estas demandas, debía elegir su pareja y su representante político, así como su profesión.

A pesar de que Sarah Jewett era una mujer con costumbres modernas y algo escandalosas para la época, sus libros continuaron reflejando la vida rutinaria y humilde del pueblo de Maine. En 1896 publicó su novela más cono-

cida, El país de los abetos puntiagudos. *En ella, con un estilo impresionista describe una aldea de pescadores, mediante una trama sencilla, pero con una destreza especial para encarar esa descripción de los personajes.*

Una parte de la crítica de la época la catalogó como una escritora menor, de un realismo decadente y poco atractivo. Sarah Jewett perteneció a la camada de escritoras que surgieron en Nueva Inglaterra luego de la guerra civil norteamericana, con la voluntad de describir su lugar de origen, conscientes de los cambios que se avecinaban en su país, y pugnando por la aceptación social de la mujer moderna.

En su cumpleaños número 53, Sarah Jewett cayó del carro en el que paseaba con su hermana Rebecca. El golpe le provocó pérdida de conocimiento y falta de concentración para realizar tareas. Esa tarde terminó su carrera de escritora: permaneció postrada sus últimos siete años de vida.

UNA GARZA BLANCA

El bosque estaba oculto bajo sombras de un anochecer de junio, antes que den las ocho, a pesar de que un luminoso ocaso sobrevivía tímidamente entre los troncos de los árboles. Una niñita arreaba su vaca hacia su casa, animal cansino, exasperante y fatigoso de conducir, pero a pesar de todo, una compañía necesaria. La niña y su vaca se alejaban de la luz hacia occidente y se perdían del bosque sombrío, pero ya estaban familiarizados con el camino, y no importaba que sus ojos pudieran o no verlo.

Durante el verano, la vieja vaca jamás podía ser hallada esperando en la entrada del vallado; todo lo contrario, su placer mayor era escabullirse entre los lejanos matorrales y altas matas de arándanos, y a pesar de llevar colgada una estridente campanilla, descubrió que si se quedaba quieta en un lugar, aquélla no sonaba. Así, la tarea de Sylvia consistía en buscarla hasta encontrarla, y llamarla "¡Co! ¡Co!", sin escuchar jamás un "¡Mo!" como respuesta, hasta que su infantil paciencia se agotaba por completo. Si el animal no hubiera dado abundante buena leche, el caso hubiera parecido muy diferente a sus dueños. Por otra parte, Sylvia tenía todo el tiempo del mundo, y en qué emplearlo. A veces, cuando había buen tiempo, era un consuelo aceptar las travesuras de la vaca como un inteligente juego a la escondida, y como la niña no tenía compañeros de juego, se entregaba a esa diversión con entusiasmo. Aunque esta vez la búsqueda se había prolongado tanto que el propio animal, fastidiado, había dado inusitadamente señales del lugar en donde estaba. Cuando se topó con la señora Molly al borde del pantano, Sylvia rió y le insinuó con cariño a encaminarse hacia la casa, conduciéndola con una vara de abedul. La vieja vaca no sentía ganas de juguetear más, y hasta tomó la dirección indicada una vez que dejaron la dehesa y marchó por la senda a buen paso. Se mostró dispuesta a ser ordeñada, y pocas veces se detuvo para dispersarse. ¿Qué diría su abuela por el hecho de que demoraban tanto?, se preguntaba Sylvia. Hacía mucho tiempo que había salido de su casa, a las cinco y media, pero todos conocían la dificultad de cumplir con la tarea. La señora Tilley había ido ella misma en pos de esa tarea tortuosa demasiados atardeceres de verano como para reprochar a otro por demorarse, más bien se sentía agradecida, en tanto esperaba de Sylvia su valiosa ayuda. La buena mujer sospechaba que a veces Sylvia se equivocaba por su propia cuenta; ¡desde que el mundo es mundo, jamás hubo una criatura así en la casa! Todos decían que había sido un gran cambio para una pequeña criada que durante ocho años había intentado crecer en una populosa ciudad industrial; pero, por lo que respecta a Sylvia, parecía como si no hubiese tenido vida antes de venir a vivir en la granja. Pensaba con gran compasión en un infeliz geranio seco que pertenecía a un vecino del lugar.

"¡Temerosa de la gente!", se dijo para sí la vieja señora Tilley, con una sonrisa, luego de haber elegido increíblemente a Sylvia entre la cantidad de chiquillos de su hermana, y mientras regresaba a la granja. "¡Temerosa de la gente!, dicen, ¡seguro que no habrá inconvenientes por ese lado en la vieja granja!" Cuando llegaron a la puerta de la casa solitaria, se detuvieron un momento para abrirla. El gato vino para ronronear y fregarse contra ellas, tenía una desatención, por cierto, pero estaba gordo por los pichones de pajarillos que se comía, Sylvia murmuró que era un hermoso lugar para vivir, y que jamás regresaría a su hogar.

Las dos compañeras continuaron andando por el sombrío sendero del bosque, la vaca marchando a pasos lentos, y la niña a pasos rápidos. La vaca se detuvo un rato largo en el arroyo para beber, como si media dehesa no fuera una laguna. Sylvia se detuvo y esperó, hundiendo sus pies desnudos para refrescarse en el agua poco profunda, las grandes luciérnagas merodeaban suavemente en su rostro. Vadeó el arroyo mientras la vaca también lo cruzaba, y escuchó a los tordos con el corazón contento. En las grandes ramas que se juntaban sobre su cabeza había agitación. El ramaje estaba lleno de pajarillos y avecillas que insinuaban estar despiertos y ocupados en su propio mundo, o bien deseándose las buenas noches unos a otros con adormilados gorjeos. La misma Sylvia se contagió del sueño mientras caminaba.

Sin embargo, no faltaba mucho para llegar a su casa, y el aire era suave y aromático. Iba pensando en cuánto tiempo parecía que había transcurrido desde que llegó por primera vez a la granja un año atrás, y se preguntaba si en la ruidosa ciudad todo seguiría igual que cuando ella vivía allí. El recuerdo del robusto muchacho de tez rojiza que solía perseguirla y asustarla la incitó a que apresurara el paso a fin de salir del sombrío sendero entre los árboles.

De repente la niña del bosque se sintió horrorizada al escuchar un claro silbido no muy lejos de ella. No era el silbido de un pájaro, ya que hubiera tenido un cierto tono amistoso. Es el silbido de un muchacho, preciso y algo agresivo. Sylvia abandonó la vaca a su suerte y, apartándose del sendero, se internó con sigilo en los matorrales. Era ya demasiado tarde. El enemigo la había descubierto, y la llamó con un "Hola, niñita, ¿cuánto falta para llegar al camino?", muy alegre y confiado, a lo que la temblorosa Sylvia respondió casi sin pensar: "Un buen tramo".

No se animó a mirar decididamente al joven, el cual llevaba una escopeta al hombro. Salió de entre los matorrales y se puso de nuevo a perseguir a la vaca, en tanto que aquél también continuó andando a su lado.

"He estado cazando pájaros —dijo cordialmente el forastero— y he perdido el camino. Necesito mucho un amigo. No tengas miedo —añadió cordialmente—. Habla y dime cuál es tu nombre, y si crees si es posible pasar la noche en tu casa para continuar mañana temprano la caza."

Sylvia se sintió más perdida que antes. ¿Su abuela no la consideraría merecedora de quejas? Pero ¿quién podía haber previsto una situación como ésta? No había sido culpa suya, y llevaba su cabeza como si su tallo estuviera quebrado, aunque con mucho esfuerzo pudo responder "Sylvia" cuando el hombre volvió a preguntarle su nombre.

La señora Tilley se hallaba parada en la puerta cuando los tres aparecieron por el camino. La vaca lanzó un fuerte mugido como una suerte de explicación.

"¡Sí, mejor harías en hablar por ti, niña atrevida! ¿Dónde se ha escondido esta vez, Sylvia?" Sylvia guardó silencio, rebalsada de miedo; por instinto sabía que su abuela no comprendía lo grave de la situación. Confundía al forastero con alguno de los jóvenes granjeros de la región.

El joven dejó su escopeta al lado de la puerta, junto a un pesado zurrón; luego saludó a la señora Tilley y repitió su historia de caminante, y preguntó si podía ofrecerle alojamiento por una noche.

"Denme cualquier sitio que guste —dijo—. Debo partir mañana temprano, antes de que se abra el día; debo aclarar que estoy hambriento. Pueden darme simplemente un poco de leche, tan solo eso."

"Santo Dios, por supuesto —respondió la señora Tilley, cuya amabilidad, a pesar de su profundo sueño, pareció despertarla—. Puedes alojarte mejor si quieres hacer una milla o algo más por la carretera, pero aquí eres bienvenido en todo lo que tenemos. Ordeñaré enseguida, y aquí puedes estar como en tu casa. Puedes dormir sobre colchón de pajas o de plumas —añadió con cierto humor—. Yo misma las he recogido. Cerca de aquí, hacia el lado del fangal, hay un buen campo, para alimentación de gansos. Ahora tú, Sylvia, muévete y busca un plato para el caballero." Y Sylvia obedeció con prestancia. Se sentía feliz de tener que hacer algo, y ella misma se sentía con bastante apetito.

Se trataba de una sorpresa encontrar una pequeña vivienda tan limpia y confortable en esa soledad de Nueva Inglaterra. El joven había conocido las condiciones domésticas de esa región, y la triste resignación de esa sociedad que no se rebela ante la convivencia con las gallinas. Era ésta la parte más próspera de una vieja granja, aunque tan pequeña que parecía una capilla abandonada. El joven escuchó con sumo interés la amable charla de la anciana, observó el rostro pálido y los ojos brillantes y grises de Sylvia e insistió en que ésta era la mejor cena que había comido en un mes. Los nuevos amigos se sentaron juntos a la puerta mientras la luna ascendía por una porción de la ventana.

Faltaba poco para el tiempo de las fresas, y Sylvia era de gran ayuda en la recolección. La vaca rendía buena leche, a pesar de que costaba trabajo encontrarla por el bosque, declaró seriamente la dueña de casa, agregando enseguida que había dado sepultura a cuatro hijos. La madre de Sylvia y un muchacho (que tal vez estaría muerto) en California eran los únicos hijos que le quedaban. "Mi hijo Dan era muy buen cazador —explicó con melancolía—. Jamás nos faltaron perdices ni ardillas grises mientras estuvo en casa. Ha sido un gran trotamundo, así lo espero, y no le gustaba escribir cartas. No lo reprocho. Yo también habría ido a recorrer el mundo si hubiera podido.

"Sylvia se parece a él —continuó diciendo la abuela con afecto luego de un minuto de pausa—. No hay una porción de tierra que ella no conozca, y los animalitos no le temen. Las ardillas se le acercan y comen de su mano, y lo mismo todas las clases de pájaros. El invierno pasado consiguió que los grajos llegaran aquí, y creo que ella no hubiera comido para tener suficiente comida que arrojarles, y eso no sucedió porque yo permanecí alerta. Cualquier cosa menos cuervos, le digo, estoy dispuesta a mantener, a pesar de que Dan había domesticado a uno de ellos que parecía dotado de razón como el ser humano. Después que él se hubiera ido, se quedó por aquí un buen tiempo. Dan y su padre no se llevaban bien, pero nunca más volvió a levantar su cabeza después de que Dan desafió su enojo y se marchó."

El huésped no notó este dejo de tristeza familiar ya que su interés estaba puesto en otras cuestiones.

"¿Así que Sylvia conoce mucho de pájaros —exclamó, al tiempo que dirigía la vista a la niña; ella permanecía sentada a la luz de la luna, muy seria y cada vez con más sueño—. Estoy coleccionando pájaros. Me dedico a ello desde que era niño —la señora Tilley sonrió—. Hay dos o tres muy extraños a los cuales persigo desde hace cinco años. Deseo cazarlos en mi propio país si es que pueden ser hallados."

"¿Los enjaulas?", preguntó la señora Tilley con un tono de duda, respondiendo a aquel anuncio.

"Oh, no, son disecados y conservados, docenas y docenas de ellos —dijo el ornitólogo—, yo mismo he matado o cazado con trampas a toda mi colección. El sábado he descubierto a una garza blanca a tres millas de aquí, y la he seguido en esta dirección. Esas aves nunca han sido vistas en este distrito. Es la garza blanca pequeña", y buscó con la mirada a Sylvia con la idea de descubrir si ese extraño pájaro era conocido de ella.

Pero Sylvia estaba observando un sapo que había en la vereda.

"Conocerías la garza si la vieras —continuó diciendo con firmeza el forastero—. Una extraña ave blanca y alta, de plumas suaves y patas largas y delgadas. Su nido tal vez tenga en la copa de los árboles altos, hecho de charamasca, parecido al nido de halcón."

El corazón de Sylvia palpitó con fuerza; conocía esa extraña ave blanca, y alguna vez se había acercado con sorpresa a una que se hallaba en un verde y tupido pastizal cenagoso, al otro lado del bosque. Era un espacio abierto donde el sol brillaba amarillo y ardiente en forma extraña, donde crecían altos y oscilantes juntos. Su abuela le había advertido que podía hundirse en el blando fango cubierto por la hierba y perderse para siempre en el lugar. Muy cerca estaba el mar, objeto de los sueños maravillosos de Sylvia, pero nunca lo había visto, a pesar de que en noches tormentosas podían oírse sus rugidos más fuerte que los ruidos del bosque.

"No deseo otra cosa más que encontrar ese nido de garza —continuó diciendo el simpático forastero—. Daría diez dólares a quienquiera que pueda mostrármelo —agregó con desesperación—, y me propongo dedicar todos mis días, si fuera necesario, a su búsqueda. Quizá sea un ave migratoria, o haya sido expulsada de la región por algún ave de presa."

La señora Tilley escuchaba maravillada todo esto, pero Sylvia continuaba observando al sapo, sin advertir, como tal vez lo hubiera hecho en una situación más tranquila, que ese bicho quería ir a su agujero, debajo del escalón de la puerta de entrada, y veía el camino muy obstaculizado por los inusuales espectadores a esa hora de la noche. Su imaginación no alcanzaba a calcular esa noche cuántos tesoros deseados podían conseguirse con los diez dólares de que se había hablado con tanta soltura.

Al día siguiente, el joven deportista recorrió el bosque con la compañía de Sylvia, que había perdido el temor que en el primer momento le había provocado el amistoso joven, quien resultó ser totalmente bondadoso y simpático. Le contó a Sylvia muchas cosas referidas a los pájaros, qué era lo que éstos sabían, dónde vivían y qué hacían entre ellos. Le regaló una navaja de bolsillo, a ella le pareció un tesoro, tal como le sucedería al habitante de una isla desierta. Durante el día no se sintió asustada por nada de lo que el joven hizo, salvo cuando con su escopeta ahuyentaba de su rama a una confiada ave canora. A Sylvia le hubiera gustado por completo sin su escopeta; no podía comprender por qué mataba los pájaros que tanto parecían gustarle. Pero al caer el día, Sylvia todavía seguía contemplando al joven con afectuosa admiración. Nunca había visto a nadie tan fascinante y encantador. El corazón de mujer, dormido en la niña, se despertaba de a poco en presencia de un sueño de amor. Cierto incentivo de esa gran fuerza se agitaba y ejercía su poder en estos jóvenes moradores del bosque que atravesaban con paso leve y silencioso la solemne densidad. Por momentos se detenían para escuchar el canto de un pájaro; luego reanudaban su marcha con entusiasmo, apartando las ramas que se interponían en su camino, hablándose rara vez y en forma de murmullo. El joven yendo delante y Sylvia siguiéndole unos pasos más atrás, fascinada con sus ojos tristes brillando de esplendor.

Estaba afligida, ya que la buscada garza era esquiva, y ella no guiaba al huésped, sólo lo seguía, y ni pensaba en ser la primera en hablar. El tono de su voz la hubiera aterrado, no requerida por alguna pregunta; resultaba bastante difícil contestar sí o no cuando se hacía necesario hablar. Finalmente la noche empezó a caer sobre el lugar; juntos arrearon la vaca, y Sylvia sonrió contenta cuando llegaron al mismo sitio donde la noche anterior había oído el silbido y se había asustado.

A media milla de la casa, del otro lado del bosque, donde el terreno era más alto, había un gran pino, el último de su generación. Nadie podía asegurar si había sido dejado como poste, o por cualquier otra razón. Los leñadores que habían derribado a los compañeros de aquel pino habían desaparecido hacía mucho, y todo un montón de árboles robustos, de pinos, robles y arces había vuelto a crecer. Pero la imponente copa de este viejo pino sobresalía entre todos ellos y se utilizaba como señal desde el mar y la playa a muchas millas de distancia. Sylvia lo conocía bien. Siempre había pensado que quien se trepara hasta su copa podría ver el mar. La niña había apoyado muchas veces su mano en el grueso y rugoso tronco y había mirado con ganas el alto y oscuro ramaje que el viento agitaba siempre, no importa lo caluroso y quieto que podía ser el aire abajo. Ahora pensó en ese árbol con renovada ansiedad, porque ¿quién sabe si, trepando uno a su copa al caer el día, no podría ver el mundo entero a su alrededor, y descubrir con facilidad de dónde venía volando la garza, encontrar el lugar y hallar así el escondido nido?

¡Qué espíritu aventurero, qué loca ambición! ¡Qué triunfo hermoso y qué delicia y qué gloria para la mañana siguiente cuando pudiera revelar el secreto! Era demasiado real y demasiado grande de soportar para el ingenuo corazón.

Durante toda la noche la puerta de la casita permaneció abierta, y las cabras vinieron y cantaron sobre aquel umbral. El joven deportista y la anciana dueña de la casa dormían profundamente. A Sylvia su imponente idea la mantenía completamente desvelada y alerta. Se olvidó de dormir. La breve noche de verano le pareció infinita como una extensa noche de invierno, y por fin, cuando las cabras dejaron de cantar, y temió que el día amaneciera demasiado pronto, abandonó sigilosamente la casa y se fue siguiendo el sendero a través del bosque, marchando impaciente en dirección al espacio abierto más allá del monte, escuchando con una dulce sensación y de compañía el cansino canto de un pájaro medio dormido, al cual, al pasar, le había sacudido la rama que le servía de apoyo. ¡Ay, si el ambicioso interés humano que inundaba por primera vez esta vida monótona se trocara por la necesidad de una vida llevada en el mundo de la naturaleza y de la silenciosa selva!

Allí estaba el enorme árbol, dormido todavía bajo la pálida luz de la luna, y la impaciente esperanzada Sylvia comenzó con sumo coraje a trepar hacia su copa, con la sangre hirviendo y sacudiéndole todo su cuerpo, con sus desnudos pies y sus dedos, aferrándose a la rugosa escalera como uñas de pájaro, subiendo y subiendo, casi hasta el mismo cielo. Debió trepar primero el oscuro ramaje y el follaje verde y espeso, en donde se mojó con el rocío; un pájaro aleteó y huyó de su nido, y una ardilla roja corrió de un lado a otro bramando encolerizada frente a la inocente intrusa. Sylvia encontró fácilmente el camino. Había trepado anteriormente por allí, y sabía que más arriba una de las ramas superiores del roble se rozaba con el tronco del pino. Era el lugar donde las ramas del pino se hacían más tupidas. Allí, donde se formaba el peligroso pasaje de un árbol al otro, comenzaría realmente la gran empresa.

Por fin se halló subiéndose por la oscilante rama del roble, y comenzó el arriesgado paso al viejo pino. La tarea era más difícil de lo que había pensado; tenía que estirar los brazos y aferrase con fuerza, ramitas secas y punzantes atrapaban su ropa y la arañaban como si fueran garras, la resina entorpecía sus pequeñas manos mientras que ascendía alrededor del grueso tronco cada vez más y más alto. Los gorriones y los petirrojos que había en el bosque, debajo suyo empezaban a despertarse y a cantar al alba, pero en la copa del pino la claridad era mayor. La niña se dio cuenta de que debía apurarse si quería que su objetivo fuera exitoso.

El árbol parecía crecer a medida que ella subía, y que cada vez llegaba más alto. Era como un gran poste mayor de la errante tierra. Esa mañana la niña debió sentirse asombrada ante su propia voluntad humana, viéndose trepar de una rama a otra. ¡Quién sabe con qué fin hasta las ramitas más chicas se mantuvieron firmes para favorecer el avance de esta débil criatura! El viejo pino debió de haber amado a su nuevo huésped. Más que todos los halcones, murciélagos y mariposas, y aun los zorzales cantores, ahora contaba con el valiente y enérgico corazón de la solitaria niña de ojos grises. Y el árbol se mantuvo firme y esa mañana de junio rechazó a los vientos, mientras el alba brillosa aparecía al oriente.

El rostro de Sylvia era como una pálida estrella, y desde el suelo, cuando dejó atrás la última rama espinosa, se detuvo en lo más alto del árbol, temblando y fatigada, completamente triunfante. Allá estaba el mar con el sol naciente extendiéndose como un fulgor dorado, y hacia el magnífico oriente volaban dos halcones aleteando con lentitud. Desde esa altura parecían en el aire ¡más bajos! ¡Apenas los había visto perdidos en lo alto y oscuros contra el cielo azul! Sus plumas eran grises y suaves como las mariposas nocturnas; parecían verse cerca del árbol, y Sylvia tuvo la sensación de que también ella podía lanzarse al aire y volar entre las nubes. Hacia el poniente, los bosques y las granjas se extendían millas y millas a la distancia. En todas partes se veía campanarios de iglesias, y aldeas blancas. El mundo con esa visión era vasto y pavoroso.

Los pájaros cantaban cada vez con más fuerza. Finalmente el sol apareció con luz estridente. Sylvia pudo ver en el mar las blancas velas de las embarcaciones, y las nubes que al principio eran rosadas y amarillentas, empezaron a desteñirse. ¿Dónde estaba el nido de la garza blanca en esa turbulencia de ramas verdes? Esta vista maravillosa e imponente del mundo, ¿era la única recompensa por haber trepado a una altura que generaba vértigos? Ahora, Sylvia, mira otra vez hacia abajo al lugar donde entre los brillosos abedules y los oscuros abetos aparece el verde fangal; ¡mira allí donde una vez viste la blanca garza que la volverás a ver! ¡Mira! ¡Mira! Una mancha blanca que, como una simple pluma flotante, viene subiendo desde el cansado abeto y va agrandándose y subiendo cada vez más, y al fin se acerca y pasa junto al pino con un repetido movimiento de alas y aparece su delgado cuello estirado y su cabeza empenachada. ¡Espera! ¡Espera! ¡No muevas ni un pie ni un dedo, querida niña, no lances la enérgica luz de tus dos ojos ansiosos, porque la garza se ha posado en una rama del pino cerca tuyo, y llama a su compañera que está en el nido, y luego limpia y ordena sus plumas para el nuevo día!

La niña lanzó un largo suspiro luego de que una bandada de ruidosos pajarillos que llegaron al árbol, molestaron por sus revoloteos, y se alejó la solemne garza. La niña conoció entonces el secreto de ese pájaro salvaje, robusto y ligero que flota y se acomoda en el aire, y luego desciende rápido como una flecha a su nido, en el verde mundo de allá abajo. Entonces, satisfecha, Sylvia inició el peligroso descenso, evitando mirar muy debajo de la rama en que se apoyaba; estuvo a punto de llorar ya que los dedos le dolían y resbalaban sus pies lastimados. Pensaba una y otra vez en lo que le diría y pensaría el forastero cuando ella le informara cómo encontrar el camino hacia el nido de la garza.

"¡Sylvia, Sylvia!", llamaba repetidamente la abuela, sin conseguir respuesta. El pequeño lecho de pajas estaba vacío y Sylvia había desaparecido.

El forastero despertó del sueño, y recordando el placentero día que le esperaba, se apuró en vestirse para empezar cuanto antes. La forma en que el día anterior la tímida niña lo había mirado una o dos veces, le daba seguridad. Sabía que ella había visto alguna vez a la garza blanca, y ahora sólo restaba convencerla para que se lo dijera. Al rato llegó ella, más pálida que nunca, con su viejo vestido desgarrado y hecho jirones, y manchado con resina de pino. La abuela y el cazador se hallaban juntos en la puerta y la interrogaron de inmediato; había llegado el esperado momento de hablar del abeto caído junto al verde fangal.

Pero Sylvia, sin embargo, no habla, aunque su abuela le recrimina, mientras que los tiernos y suplicantes ojos del joven están clavados en los de ella. El cazador les ha prometido hacerlas ricas y ellas son pobres ahora. Él se merece que lo hagan feliz, y espera oír la historia que ella esconde.

¡No, ella debe guardar silencio! ¿Qué es lo que de repente le impide hablar y la enmudece? ¿Es que ha estado creciendo durante nueve años para que ahora, cuando por primera vez el vasto mundo se le presenta frente suyo, deba rechazarlo por un pájaro? El murmullo de las verdes ramas del pino aún está en sus oídos;

ella recuerda cómo la garza blanca llegó volando por el aire dorado y cómo contemplaron juntos el mar y la mañana. Sylvia no puede hablar; no puede revelar el secreto de la garza, ya que eso significa entregar su vida.

¡Hermosa lealtad, que sufrió un profundo dolor cuando el cazador, decepcionado, se marchó más tarde sabiendo que ella pudo haberlo servido y seguirlo y amarlo como lo hace un perro! Muchas noches Sylvia oyó el eco de su silbido en el sendero del bosque, mientras volvía a su casa con la vaca haragana. Llegó hasta a olvidar su tristeza ante cada agudo estampido de su escopeta, mientras contemplaba a tordos y gorriones cayendo silenciosos al suelo, sus cantos mudos y sus hermosas plumas manchadas y mojadas con sangre. ¿Los pájaros fueron mejores amigos de lo que hubiera podido ser su cazador? ¿Quién puede asegurar eso?

¡Cualquiera fuera: los tesoros perdidos para ella, vosotros, bosques y veranos la recordarían! ¡Traigan sus dones y sus favores y cuenten sus secretos a esta bondadosa niña campesina!

Matilde Serao

Por su madre, Matilde Serao nació en Patras, ciudad de Grecia, en marzo de 1856, pero vivió toda su vida en Italia, lugar en que se radicara la familia dado que su padre era oriundo de ese país. Fue su madre, perteneciente a la nobleza griega, quien le dio los primeros libros, una vez que se establecieron en Nápoles.

A los 22 años, Serao comenzó a escribir en diferentes periódicos de Nápoles, un oficio al que se dedicaba con mayor intensi-

dad que a la literatura. Su nombre se hacía popular en cada artículo periodístico. Sin embargo, en 1881 publicó su primera novela, Leggende Napolitana, *sin tanta trascendencia pero con una mayor importancia personal ya que marcaba su inicio en la literatura de ficción, variante desconocida para ella y que jamás abandonaría. La novela describía una serie de acontecimientos y personajes de Nápoles, reproduciendo una prosa muy periodística.*

En 1883 publicó la novela Fantasía, *que atrajo al público italiano y que hizo de Matilde Serao un nombre emparentado ya con las nuevas promesas de la literatura italiana. Su obra, a pesar de las expectativas que generaron sus primeros escritos, nunca logró desprenderse de la influencia de los escritores del siglo* XIX. *Por otra parte, en estas primeras obras exponía una serie de aspectos que amagaban romper con los nombres de la tradición italiana.*

Cuando se casó con el escritor Eduardo Scarfoglio, en 1885, se mudó a Roma, abandonando para siempre el Nápoles donde creció. Sin embargo, sus obras nunca dejaron de describir y situarse en la ciudad del sur italiano, en novelas como El país de Jauja, *de 1891, o* La bailarina, *de 1899, en donde el escenario de su ficción no ha cambiado, a pesar de que se nota la influencia de escritores como los franceses Honoré de Balzac o Gustave Flaubert.*

Al poco tiempo de casarse, funda la revista literaria II corriere di Roma, *a la que siguen otras publicaciones culturales, como* La Settimana, *en 1902. El periodismo, para Serao, fue el medio por el cual se acercó al naturalismo literario, el que utilizó para describir con precisión sus personajes y sitios marginales y decadentes.*

Desde los primeros años del siglo XX, *el francés Emile Zola se convirtió en un referente de la literatura realista. Cualquier es-*

critor que describiera los sectores sociales bajos, esos lugares grises y humildes, era comparado con el autor de La taberna. *Matilde Serao no fue la excepción. Si antes se la comparó con Flaubert o Balzac, luego se la identificó con Zola. A él le debe mucho su literatura, lo mismo que a Balzac; pero Serao no dejó de pertenecer a los escritores que prefirieron situarse en sus pueblos natales, rurales en este caso, y que eligieron la ironía para no hacer tan pesimista sus historias.*

Murió en Roma, en 1927. Perteneció a la generación de escritores de la transición de la literatura italiana del siglo XIX *hacia las primeras décadas del siglo siguiente que, así como Grazia Deledda, o como el más trascendente de todos ellos, Luigi Pirandello, tuvo la intención de distanciarse de las viejas estructuras que el fascismo de Mussolini, en forma forzada, iría a romper.*

Terno seco

Giró discretamente a las siete de la mañana una llave en la cerradura del cuarto. Tomasita, la criada, levantó del suelo un cubo de agua, y un cesto de carbón que había soltado para descansar y abrir la puerta, empujó ésta con la rodilla para abrirla del todo y entró de medio lado. Era una muchacha alta y delgada, más bien flaca, de rostro juvenil, alargado y moreno, pero de débil cuerpo, alrededor del cual la falda de percal oscuro y la enagua de muselina blanca imitaban la tela y la funda que rodean el mango de una sombrilla, de cuerpo de joven fría y enfermiza, desfigurado por el abultado vientre, que dibujaba con precisión el delantal de cotonía azul y que levantaba la falda medio palmo más arriba de los pies. Llegada a la oscura cocina, dejó otra vez en el suelo su carga Tomasita y se sentó para respirar. Todas las mañanas a las seis salía del callejón de Violari, en el Pendino, para asistir a la plaza de Santa María de la Ayuda, tardando en ello tres cuartos de hora, porque la distancia era grande y ella no podía correr con aquel peso que le acortaba el andar. Antes de llegar arriba, y con objeto de ahorrarse trabajo, compraba el carbón, sacaba su cubo de agua del pozo del corral y subía despacito, despacito, los tres pisos, vacilando, jadeando, cerrándole los ojos la fatiga. Pensaba en su marido que era guardia de orden público y que tal vez a aquella hora volvería a su casa y se echaba a dormir en la cama vacía para descansar de la larga tarea nocturna. La mañana de aquel sábado, como las demás, sacudió Tomasita la ceniza de la hornilla para encontrar alguna ascuilla dejada adrede la noche anterior, y murmuraba:

—En el nombre de Dios...

Era aquella la invocación matutina que dicen todas las trabajadoras antes de principiar la labor. Soplaba los carbones para encenderlos, echándose hacia atrás a cada paso porque le daba náuseas el hedor del ácido carbónico. Cuando puso encima la cafetera con algo del recuelo del día anterior, registró la cesta del carbón y sacó un huevo envuelto en un papel. Procurando hacer el menor ruido posible, batió en el vaso la yema del huevo con azúcar, ahogando el rumor para no despertar a las que dormían en el piso. Pero en una de las habitaciones se oyó un golpe de tos, al cual siguió otro, y luego otro, no muy fuertes ni estridentes, pero continuos. Hubo una pausa, durante la cual sonó un hondo suspiro, y después otro acceso de tos que duró tres o cuatro minutos y cesó súbitamente. Sin dejar de batir la yema en el vaso, atravesó Tomasita una habitación que servía de gabinete y comedor y entró en la alcoba cuyos postigos abrió.

—Buenos días, señora —dijo mirando hacia la ancha cama.

—Buenos días, Tomasita —contestó una voz que había sido sonora, pero ya bastante velada. —¿Qué hora es?

—Serán las siete y media.

—Tarde es, tarde es —murmuró la velada voz femenil.

Apoyóse la señora en los almohadones como para levantarse y extendiéronsele por la espalda dos largas trenzas rubias, en las cuales se veían ya cabellos blancos. Tenía cuarenta años, purísimo perfil, hermosos ojos pardos rasgados, de dulce mirar, y manos tan finas y blancas como las de una adolescente.

—¿Catalina, Catalina? —dijo, dirigiéndose a la persona que dormía a su lado.

Esta ni siquiera se movió. Con la cabeza echada hacia atrás sobre la almohada, esparcidas sobre la blanca funda ambas trenzas castañas, cerrada la bermeja boca, dormía tan tranquila y profundamente, que la madre la llamó otra vez, pero bajito, como si no tuviese valor para despertarla.

—¡Pobre hija mía! —dijo luego en voz baja como hablando para sí.

Y cruzó encima de la colcha ambas delicadas y blancas manos. Tomasita, apoyada en la cabecera de la cama en familiar postura, miraba a Catalina, niña de catorce años, de espesas y negras cejas y respingada nariz.

—¿Por qué dice usted pobre hija mía? ¡Si está muy bien! ¡Dios la bendiga!

—Quisiera que pudiese estarse más tiempo en la cama, sin tener que ir a la escuela —contestó la madre empezando a vestirse con modestia, tranquilamente.

—Mejor es que vaya a la escuela y aprenda —dijo sentenciosamente Tomasita—. Si hubiera yo ido a la escuela no estaría sirviendo.

Meneó melancólicamente la cabeza la señora que estaba frente al espejo. Bajita, delgada, de contornos elegantes, ni siquiera miraba el verdoso cristal que hacía parecer las cosas pálidas, muy pálidas. Pasaba lentamente el peine por la larga cabellera rubia, cuya maravillosa hermosura apenas manchaba alguna cosa. Tosió otra vez.

—El fósforo de anoche me ha hecho daño, Tomasita —dijo quedamente después del hondo suspiro que exhalaba luego de toser.

—Y para nada ha servido —contestó la joven, dejando de batir el huevo convertido en blanquecina nata.

Por la noche, aquel cuartito de casa vieja, en uno de los barrios viejos de Nápoles, aunque parecía bastante limpio, veíase invadido por las cucarachas que surgían de ciertos agujeros que asomaban por la abertura del sumidero, que en turbas llenaban la cocina y el susodicho gabinete, tanto que hija y madre tenían reparo en recibir visitas por la noche, y llenas de aseo salían de casa, aunque no tuvieran gana, a pesar de lo cansada que la señora estaba de pasar hablando todo el día. Tomasita había discurrido echar fósforo a manera de ungüento en las hojas de lechuga para acabar con aquellos animaluchos, pero se había llenado el cuartito de mal olor y de luz fosfórica, sin obtener buen resultado.

—Y eso que hago cuanto puedo para que la casa esté limpia —murmuró Tomasita, pasando al otro lado de la cama de matrimonio para despertar a la niña, que seguía durmiendo.

Mientras acababa la señora de vestirse, echó en torno una ojeada. Tan pobremente amueblada estaba la casa, que poco trabajo costaba limpiarla: ocupaba casi toda la alcoba la enorme cama de hierro de las que se usan en Nápoles, y había además un escritorio ordinario, un tocador pequeñito de nogal pintado, una percha y un par de sillas. Formaban el mueblaje del gabinete un sofá de hierro y crin, que podía convertirse en cama, mal cubierto por una funda de cretona, descolorida por los frecuentes lavados; cuatro sillas de duro asiento y antigua forma, dos estantes con libros y una mesa redonda con piedra de mármol, sólida y brillante, que era la mejor prenda de la casa. En ella se comía, se escribía y se trabajaba: limpia, blanca y fría, constituía el orgullo de la madre y de la hija. Nada más. Ni sombra de butaca, de alfombra o de cortinaje. Sin cubrir los ladrillos; lisas las ventanas; helada desnudez.

En tanto, resistía Catalina a Tomasita, que quería hacerla levantar; volvióse del otro lado, sonriéndose, refunfuñando, quejándose de tener sueño, de haber dormido poco; y exclamaba a cada paso, como pidiendo auxilio:

—¡Ay, mamá, mamá!

—Arriba, niña, arriba —respondía cariñosamente la madre, como si hablase con una chiquilla de cuatro años.

Afirmaba Catalina que era día de fiesta, domingo.

—No, señora, que es sábado —replicó la criada.

Y la pobre muchacha de Cilento, flaca y negruzca como una aceituna, leal a ambas mujeres como un perro fiel, medio arrastrándose, medio riéndose, obligó casi a vestirse a Catalina, prometiéndole que al día siguiente, que era domingo, se levantaría a las diez y tomaría también huevo batido con el café, por ser fiesta. La madre, que tenía que estar todo el día hablando, porque daba lecciones de francés y de inglés, se permitía aquel lujo que costaba quince céntimos y era pectoral;

pero en cambio no almorzaba y se estaba hasta las cinco sin tomar más que el huevo. Sentada y pensativa, miraba a Tomasita que le ataba las faldas a la niña. Esta tenía un cuerpo robusto, nada elegante, crecía atrozmente y rompía vestidos, zapatos y medias. Precisamente el vestidito de lana gris estaba rozado por los codos, y como se había quedado corto, permitía ver parte de las piernas. Mirábase Catalina zapatos y codos con desconsolado gesto, mientras la madre, que llevaba aun en mayo el traje de lana color de castaña, de invierno, bastante molesto, conservaba señoril aspecto.

—Rómpelo todo, hija mía —dijo suavemente la madre.

—Y si se rompe, mamá, ¿qué le voy a hacer? ¿No me has prometido un vestido nuevo para los exámenes?

—¡Ya lo creo! —contestó la madre con vaga sonrisa.

—Entonces éste se lo daremos a Tomasita, para su nene —exclamó Catalina.

Volvió la cabeza Tomasita, palideciendo. Siempre que le hablaban del hijo cuyo nacimiento era inminente, y para el cual nada tenía aún preparado, ni siquiera un pañal, se turbaba y estremecía, madre ya, llena de amor y piedad hacia la criatura. Miró después fijamente a la señora, y ambas se comprendieron tácitamente, respondiendo a la turbación de la más joven la afectuosa compasión de la mayor. Catalina, en tanto, se arreglaba las trenzas, daba vueltas por la casa, buscaba libros y cuadernos, canturreaba, con los lentes en la crecida y remangada nariz, levantando maliciosamente la cabeza. Se había tomado el café puro, con un panecillo de cinco céntimos, alegremente, mientras su madre tomaba café con huevo, ofreciéndole de él a cada paso, como si le causara remordimiento aquel lujo que se permitía sin que lo compartiese su hija. Tomasita había vuelto a la cocina y se bebía las sobras del café en un vaso, por no haber en la casa más que dos tazas. Llegó a la puerta de la cocina la señora con el sombrero puesto y habló bajito un rato con la criada para decirle que anduviera con cuidado aquel día al ir a la compra, porque no le podía dar más que tres pesetas, que ya le había puesto en la mano. Miraba cara a cara a la pobre criada, con dulzura, como queriendo invocar su benevolencia, y Tomasita miraba las tres pesetas en plata, puestas en la palma de la mano, sin hablar, echando sus cuentas.

—¿Alcanzará? —preguntó la señora.

—Ya veremos —contestó la otra, cavilosa aún.

Fuese la señora, sosegada ya.

Desde el otro cuarto gritaba Catalina, poniéndose el sombrero:

—¡Tomasita, cómprame albaricoques!

—Sí, señora.

—¡Tomasita, cómprame un ganchillo para la labor y una onza de algodón blanco!

—Sí, señora.

—Tomasita, cómprame dos palmos de cinta de goma negra para el sombrero, que ésta ya no sirve.

—Bien está.

—Ven, hija mía —decía la madre junto a la puerta abierta.

—¿Me traerás hoy todas esas cosas, Tomasita?

—Las traeré: la Virgen las acompañe a ustedes.

Fuéronse la madre y la hija, cargada ésta con libros y cuadernos y con un estuche de compases para dibujo debajo de un brazo; el otro lo llevaba cogido de su madre.

—¡Me llevas tú, mamá! —decía, bajando la escalera.

—No, si me sostienes, chica —respondía la madre.

Sola, Tomasita, antes de ir a la compra, se puso a arreglar la casa. Siguiendo la costumbre napolitana, levantaba colchones en la cabecera. Así se quedaban hasta el medio día, para ventilarse. Costábale aquello mucho trabajo, por las molestias del embarazo, y cuando sacudió las sábanas vio caer al suelo un papelito. Creyó que sería la envoltura de las pastillas de codeína que algunas veces se metía en la boca la señora cuando la molestaba mucho la tos por la noche, para calmarla y dormir.

En el papelito había algo escrito, y entonces lo recogió Tomasita para guardarlo, echándole una mirada, aunque no sabía leer. No sabía leer la pobre aldeana cilentana, que no había podido frecuentar la escuela de Giffoni, por tener que cavar la tierra, pero conocía bien los números, y tres números había en el papelito, muy redondos y muy claros.

—Tres, cuarenta y dos y ochenta y cuatro; es un terno —pensó Tomasita después de haber leído.

Y se metió maquinalmente el papelito en el bolsillo del delantal de algodón. Pensaba jugar aquel terno cuando bajase a la compra, por ser sábado, y porque sería acaso aquello un aviso de Dios. ¿Pero cómo se encontraba aquel papel en la cama de la señora? Seguramente era un terno, no era sobre, ni receta, ni tarjeta. Era un papel con tres números escritos, indudablemente para jugarlos. Y cavilando, cavilando, procuraba Tomasita reconstruir todo lo ocurrido. Acaso alguien, un cura, un fraile, alguna buen alma devota habría dado el viernes aquellos tres números a la señora, o tal vez ella, que era realmente un alma santa, los había pensado así, por si acaso. Y según costumbre del que juega, en Nápoles, un terno incierto al cual tiene afición, habría hecho la señora la prueba.

Eso quiere decir que, seguramente, la noche del viernes, antes de acostarse, habría escrito la señora los tres números en un pedacito de papel, poniendo éste después doblado debajo de la almohada, y pensando en ellos intensamente durante la noche. Si se sueña con tales números, aquella noche, seguramente son buenos y no tienen más remedio que salir; si no se sueña con ellos, es que son malos y no se debe gastar un céntimo en ellos. Así debía de haber hecho la señora, que siendo tan buena, tan buena, no podía soñar más que con números seguros.

—¡Quién sabe! —pensaba Tomasita—. ¡Quién sabe! Puede que la señora no me haya dado más que tres pesetas para la compra, para jugar algo más. ¡Bendígala la Virgen y a mí me ayude!

Cogió un paño limpio de la cocina para ir a la compra, porque hacía tiempo que la cesta de paja (testigo de los remotos buenos tiempos, en los cuales se compraban en el mercado pollos y otras viandas delicadas) había perdido el fondo. Precisamente en la ancha meseta de la escalera, la vecina de enfrente, que era al propio tiempo dueña del antiguo palacio, doña Luisa Jaquinangelo, junto a su criada Conchita, ajustaba tomates con un vendedor ambulante a quien habían hecho subir desde la calle y venía con dos banastos grandes llenos de fruta. Conchita y el vendedor estaban en cuclillas, uno a un lado y otra al otro de la banasta, y aquella cuando veía al vendedor poner en el platillo un tomate demasiado pequeño o pasado, extendía la mano y lo cambiaba; levantaba entonces el vendedor la cabeza, protestaba y decía que no quería vender así, soltando la balanza. Doña Luisa Jaquinangelo, erguida en el umbral, asistía tranquila al debate, tomando la palabra alguna vez. Era bastante fea, con abultada cara de cabra, pero estaba peinada con gran corrección por la peinadora, envuelta en una bata de tela de Rusia, extraordinario lujo en aquel caserón viejo de Santa María de la Ayuda. A pesar de su riqueza y de su bondad, era martirio secreto de su familia. Desocupada, sin preocupaciones para lo porvenir, sin cuidados, sin disgustos, encarnizábase su espíritu en las trivialidades más nimias de la existencia. Marido, hijos, criadas y proveedores la veían siempre a su alrededor puerilmente curiosa, enfadosamente apresurada, no maligna, pero cócora hasta la exageración, sensible hasta la ingenuidad, metiéndose en todo, en cuantas cosas no le importaban, con deseo de enterarse de la vida de todo el mundo, creyéndose la más sublime de las mujeres, mientras la misma gente a quien quería y favorecía la consideraba la persona más cargante del mundo. Una de sus mayores distracciones (siendo una señora que podía enviar diariamente a la criada al mercado), era el hacer subir a los vendedores la escalera y pasarse una hora discutiendo el precio de una libra de pescado.

—Buenos días, Tomasita —contestó doña Luisa al saludo de la cilentana—. ¿Qué tal te va? ¿Estás haciendo el potaje de borrajas, como te he dicho?

—¡Ay, señora! No como más que lo que puedo —respondió la criada, parándose junto a la banasta de la fruta—. Necesitaría más dinero para esas cosas. Buen hombre, ¿a cómo los vende?

—A veinte céntimos el kilo.

—¡Jesús! ¿Ha visto usted a alguien que le haya dado los veinte céntimos? ¿Sabe usted que estamos acabando mayo? Pronto los tendrá que dar a cinco céntimos.

—Bueno, pues entonces dejaré de vender y haré vida de caballero —respondió con chunga el vendedor.

—Mira, hombre, si me das un kilo por diez céntimos, te doy los números que van a salir premiados.

Levantó entonces la cabeza el vendedor, púsose de pie Conchita y tendió la barbilla cabruna doña Luisa Jaquinangelo, como siempre que oía algo interesantísimo, preguntándole a Tomasita:

—¿Te los ha dado un fraile?

—Habrá sido el confesor —dijo Conchita.

—Las chicas bonitas siempre encuentran quién les dé números —añadió riéndose el vendedor.

—¿Qué les importa a ustedes? Sean de fraile o sean de confesor, el que hoy quiera sacar la lotería, tiene que jugar el 3, el 42 y el 84. Son seguros, el gobierno va a reventar.

—¿Cómo se juegan? —preguntó doña Luisa.

—Como usted quiera, señora; pero no deben servir para usted, sino para los que, como yo, andan escasos de dinero. ¿Me das por fin el kilo a veinte céntimos?

—Te lo doy, pero si no me cae la lotería, mañana vengo a cobrarte otros veinte.

—Mañana tendremos coche todos —contestó Tomasita, semirisueña, semimelancólica, vigilando el modo de pesar.

Marchóse el vendedor con el banasto en la cabeza y tardo paso.

—Oye, Tomasita —dijo doña Luisa—, ahí tienes treinta céntimos para hacer el potaje de borrajas... pero, no; mejor haré en no dártelos, no los vayas a gastar en otra cosa. Ven hoy a las tres y Conchita te la tendrá preparada y bien arregladita; te la has de comer delante de mí, si no, no me conformo.

—Dios se lo premie a usted —contestó Tomasita mientras bajaba la escalera pensando que le hubieran convenido más los treinta céntimos.

En tanto, quedábanse doña Luisa y Conchita en el descansillo combinando entre ambas la mejor manera de jugar los consabidos números.

En el portal hablaba Mariángela con Gelsomina. Era aquélla la doncella de la marquesa de Casamarte, que vivía en el principal, harto gran señora para aquel ambiente burgués, la aristócrata del palacio de Jaquinangelo, que tenía coche en el palacio Ricciardi, frente por frente, y pasaba allí a cada momento, con vestido de seda y con una gran nariz borbónica en la cara larga y *smorto*, exhalando olor a *jockeyclub*. Precisamente era Gelsomina la hija del portero del palacio Ricciardi, joven hermosísima, flor de belleza excitante y embriagadora, vestida de tela ligera, con chinelas, medias de algodón colorado y la cara muy llena de polvos. Mientras hablaba con Mariángela, hacía rápidamente estrellas con un ganchito, destinadas a hacer colchas que vendía a las novias de la vecindad, porque entonces era moda, al casarse, tener la colchita hecha así, con transparente azul o pálido.

—¿Vas a la compra? —preguntó a Tomasita la elegante doncella Mariángela.

—Sí. ¿Y tú adónde vas?

—Estaba hablando con Gelsomina, que quiere casarse y no sabe si elegir a don Juan Caccioppoli, que es un caballero o al muchacho de Rigillo, el peluquero. Le digo yo que escoja al muchacho y no se case nunca con un señor.

—Con que con un señor, nunca, ¿eh?

—Nunca, porque en casa ya no podemos más la marquesa y yo, y si no fuera por mí se tiraría la pobre de cabeza al pozo. Por un lado el marqués, que por casualidad vuelve a casa algunos días de madrugada, porque generalmente no vuelve, y se come todo el dinero dejando sin un céntimo al alma de Dios de la marquesa; por otro el condesito, que a cada paso viene a buscar con la mayor frescura a su prima para decirle: Venidle, ¿tienes dos mil reales? ¿Qué va a hacer la marquesa? ¿Qué vamos a hacer? El condesito nada sabe de nuestras estrecheces; el marqués, cuando se le dice algo, echa en cara los bienes parafernales y la consignación para alfileres; le da cuarenta duros al mes, cuando se ven, y si la marquesa viaja tiene que pagarse el billete. ¿Qué se va a hacer, hijas? Vender o empeñar. ¿Queréis ver una cosa?

Y llevando a Tomasita y a Gelsomina más hacia adentro, miró alrededor, sacó de la faltriquera un estuche de tafilete colorado y lo abrió. Resaltaba y resplandecía en el terciopelo blanco un alfiler grande, en forma de herradura, de brillantes y rubíes, que centellaba en la penumbra.

—¡Qué hermosura! —exclamaron ambas interlocutoras.

—¿No es una lástima llevar esto tan rico al Monte? ¡Y si fuera esto sólo! Poco importaría. Hemos empeñado los solitarios de la princesa abuela, el collar de perlas que regaló cuando la boda la tía Clotilde que luego se metió a monja en Donnalbina, y tres pulseras. Gracias a que ahora estamos en verano y no se lleva eso. Pero en invierno hará falta mucho dinero para desempeñarlo todo.

—Todos tenemos nuestra cruz —murmuró Tomasita preparándose a marcharse.

—¡Si nos cayera la lotería! —dijo Gelsomina, mirando a la calle por si aparecía don Juan Caccioppoli o se presentaba a la puerta de la tienda el muchacho de Rigillo.

—¿Y quién te dará los números? —exclamó Mariángela—. Ocho años hace que juego el 6 y el 22. Mucha gente espera el tal ambo, y cuando salga, ya le costará dinero al gobierno.

—Yo tengo el 64 —dijo Gelsomina sin dejar de manejar el ganchillo velozmente—, pero hay que jugar mucho dinero para sacar algo, si cae.

—Mi terno se compone de 3, 42 y 84 —dijo Tomasita al marcharse. Volvió la esquina de Bancos nuevos.

Enseguida dejó Gelsomina a Mariángela, porque por la calle del Ecce Homo, donde está el limpiabotas, asomaba Federico, el mancebo de la barbería. Bajito, con camisa blanquísima de cuello muy abierto, corbata de seda de color de rosa, cazadora negra sin faldones, raya que empezaba en la frente y acababa en el cogote y pelo algo rizado en las puntas, era Federico el ideal de la elegancia para Gelsomina Santoro, la guapísima e incansable trabajadora en ganchillo. Era realmente don Juan Caccioppoli, un caballero, procurador del abogado Solimena, que vivía en el tercer piso del palacio Ricciardi, pero tenía cuarenta años, cara pálida y rasurada, como quien sale del hospital. Prefería Gelsomina a Federico, al barberillo que se mostraba a veces algo desdeñoso y se las echaba de Tenorio popular, como todos los mozalbetes de su oficio, y siempre que podía hablar con él en la esquina o a la puerta de Santa María de la Ayuda o junto a la tienda, era feliz. Federico había puesto un pie en el banquillo, y hacía que el patizambo limpiabotas le sacara brillo al calzado de becerro mientras miraba a Gelsomina. Atraída ésta por las miradas, acercóse poco a poco, sin dejar su labor, sacando el hilo del ovillo que llevaba en un saquito.

—Salud —dijo Federico.

—Buenos días —contestó Gelsomina.

—¿Qué ha hecho usted de su abogado? —preguntó irónicamente Federico, encendiendo una colilla.

—No tengo abogados —contestó algo despechada Gelsomina—. Si he de andar en pleitos ya me defenderé yo.

—Muy bien, doña Gelsomina, es usted muy valiente, pero hablaba yo de don Juan Caccioppoli, al cual usted conoce.

—Lo conozco, pero nada sé de él. Puede que haya muerto.

—No diga usted eso: que él anda tras de casarse con usted.

—¡Puede! Pero tengo otros pensamientos.

—¿Y puede saberse cuáles son?

—¿Y a usted qué le importan?

—Como la luz que nos alumbra, Gelsomina, si me cae la lotería, arreglamos las cosas —dijo formalmente el barbero.

—¿Y por qué no jugamos juntos el terno de Tomasita, la criada de la señora francesa?

—¿Qué terno es ese? —preguntó el tío Domingo, el limpiabotas, levantándose con trabajo, tan ligeramente como se lo consentían las torcidas piernas.

—Tres, cuarenta y dos y ochenta y cuatro —dijo Gelsomina.

—No sale, no sale —exclamó el tío Domingo.

—¿Y por qué? —preguntó Federico.

—Pues, hijos míos, porque no fallan esta semana las cadencias de los cincos, y saldrán lo menos dos. Porque el fraile de Santa María ha hablado de ratones, de los cuales están llenos iglesia y claustro; de modo que es seguro el número once, correspondiente al razón; porque, según ciertos cálculos míos, le ha de tocar también esta vez al 69 y acaso, y sin acaso, se repetirá el 18 de la semana pasada, o *sube encima* y saldrá el 19.

Y sacó muy ufano de debajo del banquillo donde tenía el betún y los cepillos, ciertos papeles sucios, grasientos, medio rotos; pedazos de periódicos cabalísticos, trocitos de papel en forma de corazón llenos de cifras, fragmentos que cubrían montones de números y con las antiparras en las narices, recorría el tío Domingo aquellos papelotes apestosos, refunfuñando:

—¡Nada, nada, que no sale ese terno! Y, vamos a ver. ¿Quién lo ha dado? ¿Un fraile?

¿Un cabalista? ¿Un protegido de los buenos espíritus? Nada de eso. No se sabe. No sale el terno.

—No importa, no importa, tío Domingo. Haremos la prueba. ¿Tiene usted un real, Federico? Pondremos media peseta entre los dos.

—Siempre estoy a las órdenes de usted —dijo cortésmente Federico—. ¿Quiere usted que ponga el real suyo?

—No, nada de eso —contestó con altivez la muchacha—. De lo mío me ocuparé yo. Si no, no sirve el juego. ¿Se fía usted de mí para comprar y guardar el billete?

—Estará en muy buenas manos —contestó galantemente el enamorado.

Separáronse. Federico volvió a la barbería, a la cual iban acudiendo parroquianos, y ella fue al despacho de lotería de la plaza de Santa María la Nueva. Pero el tío Domingo continuaba sumergido en sus combinaciones, sonriendo, meneando la cabeza, arreglándose los anteojos en la nariz, sin ver el raquítico pie del juez Scognamiglio, colocado sobre el banquillo para limpiar. El juez, chiquito y jorobado, con levita negra y chaleco blanco, sombrero de paja adornado con mucha cinta negra, golpeó el banquillo con el pie, impaciente, para que le sirvieran.

—Perdone vuecencia —dijo el patizambo muy confuso—. Ya estoy dispuesto.

Y sacudió el cepillo contra el banco, mientras soplaba el polvo que había en la botita del juez Scognamiglio.

—Siempre con los números, siempre con los números, Domingo —dijo severamente el magistrado.

—¿Qué le vamos a hacer? Es una pasión.

—Es un vicio, Domingo.

—¿Y por qué lo sostiene entonces el Gobierno? ¿A quién hago daño jugando? No tengo hijos ni mujer, gano lo bastante para mí, y si no tengo bastante, a nadie pido. ¿Soy borracho? ¿Hablo mal de nadie? ¿Pego puñaladas? ¿Robo?

—Es un vicio —replicó el juez.

—Perdone vuecencia, pero anda equivocado en esto. Juego el dinero mío y no el ajeno. ¿No puedo hacer de él lo que me dé la gana?

—Y si le cayese un premio, ¿qué haría usted?

—Convidar a toda la vecindad —contestó el limpiabotas con espléndido ademán.

—¿Y jugar otra vez lo que quedara?

—¿Quién sabe? —contestó el otro, como obedeciendo a la fatalidad.

—¿Cuántos años hace que juega usted?

—Desde que tenía ocho años, señor. Hace cincuenta.

—¿Cuántas veces le ha caído?

—Nada más que dos: una vez cincuenta duros y otra tres.

—¿Nada más?

—Nada más.

—Ya ve usted que hay pocas probabilidades de que caiga, quien gana es el Gobierno.

—Pero no cuando da con cierta gente. Hay en Nápoles hombres doctos, grandes matemáticos, frailes santos e instruidos, almas iluminadas que conocen los números.

—¿Y juegan?

—Unos sí y otros no —contestó con misterio el limpiabotas.

—¿Y les cae?

—Alguna vez. Todo eso depende de muchas cosas. A veces se saben los números, y el Señor le ciega a uno y no se los deja jugar; otras veces no sabe uno *interpretarlos* bien. Otras, falta la fe. En el olor conozco yo los números que no han de salir. Hace poco ha venido Gelsomina, la que hace colchas, y me ha dicho que jugaba el 3, el 42 y el 84. ¡Cá! Muérame yo si sale uno siquiera. He intentado disuadirla y ha sido imposible.

—¿Y usted qué juega entonces?

—Juego éste.

Y enseñó al magistrado una cáfila de ambos, ternos, cuaternos y billetes hasta con siete números. Meneó el juez la cabeza, dio cinco céntimos por la limpieza de las botas y echó a andar muy pensativo hacia la calle de los Tribunales. Pensaba en su familia, en sus cinco hijos, de ellos cinco hembras, negras, pequeñas, raquíticas, feísimas, que nunca encontrarían marido, que guisaban, lavaban y planchaban lo de la casa, cosían la ropa blanca y los vestidos, y a pesar de la extremada economía, tenían aspecto tan miserable y desdichado que no se atrevía a sacarlas nunca a paseo. Ni siquiera había podido llevar a una a la escuela. Eran tan feas, tan feas, que ni su propio padre se forjaba ilusiones respecto a ellas. Tocábase el bolsillo donde encontraba las dos pesetas que llevaba siempre, por si acaso, pero que nunca gastaba porque tenía que privarse de todo, y no hacía más que tomar rapé, en lo cual gastaba diez céntimos cada dos días. ¿Cómo se le habría antojado casarse, cuando era subpretor en Frosolone? La novia, Amalia, que no tenía un céntimo de dote (lo mismo que les pasaba a sus hijas) lo había aceptado a pesar de la joroba. Creo que mis hijas, decía él para sus adentros, se casarían con un sordomudo, con un tullido, con cualquiera. Si siquiera le nombraran vicepresidente, podría enviar a alguna de sus hijas a la escuela normal o a telégrafos, para aprender alguna cosa y poder vivir.

Poco a poco se acercaba al tribunal, con ceñudo gesto, pero en vez de entrar por la calle de Pignatelli, donde encontraba todas las mañanas al juez Inzenga que le acompañaba, pasó, contra lo acostumbrado, por la calle de Mezzocannone, y también contra su costumbre, aquel sábado por la mañana llegó con un retraso de media hora al tribunal el juez jorobado Scognamiglio.

Entretanto había entrado Federico en la barbería de Rigillo y se había puesto a trabajar porque llegaba mucha gente a afeitarse y a cortarse el pelo. Entre los parroquianos, ya presurosos, ya indolentes, entre los mancebos de la peluquería, siempre se hablaba de lo mismo los sábados por la mañana, de los números de la lotería. Unos jugaban, otros no jugaban; había quien llevaba siempre número fijo. Federico, con aquella familiaridad respetuosa de la gente baja de Nápoles, repetía a todos aquellos a quienes servía:

—Si hoy sucede lo que espero, ya no me verá usted aquí más, caballero.

—¿Qué ha de suceder? —preguntaba el parroquiano, entre la ola blanca del jabón y el crujir de la tijera.

—Un terno que ha de salir hoy.

—¿Qué terno?

—Un terno seguro. El 3, el 42 y el 84.

—¿Quién te lo ha dado?

—Mi novia. Si nos cae, cambiamos de estado.

Y hasta el parroquiano más escéptico se quedaba pensativo, mientras Federico le cepillaba el gabán.

Entretanto, Gelsomina, antes de llegar a Santa María la Nueva, donde había gentío inmenso en la administración de loterías, se había parado en la plazuela de la Ayuda y había entrado en la tienda de su primo el escultor Pepito Ascione. Pequeña era la tienda y la llenaban cinco o seis santos de madera esculpida y tamaño natural. Realmente, José Ascione no les hacía más que la cabeza, las manos y los pies de estuco y delicadamente pintados; pero era el primer estucador de santos de Bancos Nuevos, aunque este es el barrio tradicional para fabricar santos. Cuando hacía falta, pintaba también los vestidos, pasando por la madera el pincel mojado en colores convenientes; pintaba la túnica azul de la Inmaculada, salpicada de estrellas de oro y plata; el traje gris y manto azul del gran San José; el hábito pardo de San Francisco de Asís. Prefería empero (como lo prefiere todo el pueblo napolitano) las estatuas de santos vestidos *de veras*, de lana o seda, con verdadero traje bordado o cosido con verdadero cordón. Pero donde el arte de José Ascione alcanzaba a lo inmenso, era en las figuras del Cristo atado a la columna, coronado de espinas, manchada la faz de sangre y lágrimas, destilando sangre el pecho, abierta la llaga en el costado. Nadie, nadie sabía hacer un Ecce Homo tan conmovedor como los de José Ascione. ¡Cuánto dinero podía haber ganado el estacador! Pero lo consumía incurable anemia, por lo cual no debía haberse dedicado a aquel oficio sedentario, entre los acres olores de pinturas mezcladas con estuco, en aquella tienda chiquita de la plazuela de la Ayuda. Tan pálido y flojo estaba, con las encías exangües y amarillos los cartílagos de las orejas, que a veces se pasaba horas enteras frente a un triunfante San Miguel Arcángel, sin poder ni siquiera levantar la mano para dorar la coraza del vencedor de Belcebú. Miraba con empañados ojos a los santos que venían a medio hacer de casa, del escultor y salían sonrosados y extáticos, elevados al cielo los azules ojos, con manos delicadas que imploraban gracias del cielo y las difundían por la tierra. Santa Filomena, con la flecha que parece una pluma; San Roque, descubierta y llagada la rodilla y seguido del perro leal; San Blas vestido de obispo, echando bendiciones; San Vicente Ferrer con el libro abierto en la mano y la llama del Espíritu Santo en la cabeza. Mirábalos Pepe Ascione, extático y melancólico, como si les pidiese que le curaran. A su lado, encima de la mesita, entre el color blanco y el colorado, se enfriaban los macarrones con tomate que cada día le mandaba su madre desde San Juan el Mayor, donde vivían; enfriábanse en una cazuela de greda encarnada, sin que los tocase Ascione, porque nunca tenía gana. Ni siquiera había tocado el frasco de vino de Mazano, de vidrio verdoso, tapado con una hoja de parra. Rendido por invencible debilidad, exclamaba:

—¡Nada puede, nada!

Cuando entró Gelsomina en la tienda, estaba haciendo una coronita de rosas artificiales para ponérsela en la rubia cabeza a una virgen de la Saleta, vestida completamente de blanco, ocultas las manos sonrosadas debajo de las anchas mangas de lana blanca.

—¿Me prestas un real, Pepito?

—¿Es para comprar algodón para la colcha?

—No, que es para jugar a la lotería determinados números.

—¿Son buenos? ¿Saldrán?

—Así lo espero. Si me cae la lotería, me caso con Federico, el mancebo del peluquero Rigillo. ¿Quieres jugar tú también?

—Toma, pon una peseta por mí, pero a terno seco, porque no me ilusiona un ambo de quince pesetas.

—¿Qué harás si te toca, Pepito?

—Bien sé lo que haré. Cierro la tienda y me voy a un pueblecillo que se llama Pugliano, en la montaña de Osma, pasado Resina. Fuego dentro de la tierra, sol encima de la cabeza. Allí hay buen caldo, leche fresca y vino riquísimo. Me daré un paseito todas las mañanas por aquellos alrededores, y volveré gordo y fuerte dentro de seis meses.

—¿Y no harás más santos?

—¿Santos? Si me pongo bueno, haré una Dolorosa como no se haya visto otra, y la regalaré a la iglesia de Pugliano. Tendrá el vestido de seda negra fuerte, bordado de oro fino, y un manto de lo mismo, que será una maravilla. En las manos llevará un pañuelo de verdadera batista con encajes. La corona de la cabeza será de plata dorada, y de plata bordada también las siete espadas que lleva clavadas en el corazón. Ha de ir gente de todas los pueblos vecinos, hasta de Nápoles, a la iglesia de Pugliano, para rezar a la Virgen de los Dolores.

—¿Y por qué ha de ser la Dolorosa, y no otra?

—Porque es la mejor Virgen —dijo Pepe con profunda convicción.

II

Cuando dieron las cinco en la parroquia de Santa María de la Ayuda empezó gran campaneo, por las vísperas que se celebraban miércoles y sábados en honor a la Virgen. Pero los vecinos de la plazuela, de Bancos Nuevos, de Donnalbina, de Santa Bárbara, callejas y callejones, plazas y plazuelas, no pareció que se enterasen. Ya sabían que se toca a vísperas tres veces con una hora de intervalo para llamar al templo a los fieles, y las del sábado siempre se veían menos concurridas, por alguna razón misteriosa que daba al párroco mucho en qué pensar. En vez del acostumbrado movimiento, reinaba paz solemne en la plaza, que ya dejaba el sol. De cuando en cuando la atravesaba lentamente un coche vacío, cuyo cochero se adormilaba al calor de la tarde estival. Cuando calló la campana de las vísperas atravesó la plaza un vendedor ambulante, paróse en el centro, expuso la mercancía y empezó a pregonarla. Vendía rosas de mayo, con voz que en lugar de grito era un canto prolongado, canto melancólico y voluptuoso, como saciado de belleza y de fragancia. Decía únicamente *que las flores eran hermosas, que eran hermosas las flores*, nada más; pero con tal sentimental voluptuosidad, que parecía desfallecido de tristeza o de satisfecha pasión. Nadie apareció en las ventanas, cuyas persianas estaban corridas para no permitir la entrada al sol, y cerrados los postigos; nadie apareció en la puerta de las tiendas entornadas contra el calor de mayo, que era ya calor de verano. En el portal de Jaquinangelo no estaba Rosa, la portera, y en la silla donde solía sentarse dormía pacíficamente un gato pardo junto a una media de algodón azul recién empezada. También estaba desierto el portal de Ricciardi: hasta faltaba la silla en la cual Gelsomina, la hermosa joven de ojos pardos y rubia cabellera, solía estar trabajando rápidamente en sus estrellas de algodón blanco para las colchas de las novias. Un minuto sólo se había presentado Federico, el dependiente del peluquero, en el umbral de la tienda para regar largamente, con el agua de una bacía, el empedrado, completamente seco. A las cuatro y media, el tío Domingo, el patizambo, después de guardar en la caja cepillos y betún, la había levantado trabajosamente, se la había echado a cuestas y había echado a andar por Bancos Nuevos y San Juan el Mayor, muy poco a poco, por no consentirle otro paso las torcidas piernas. Aquella tarde de mayo estaba, por lo tanto, completamente desierta la plazuela. Por tres veces en aquella soledad interrumpió el silencio la melancólica canción del vendedor de rosas, que levantaba la cabeza, ponderando lo *hermosas que eran las flores* que en dos cestas tenía a los pies; pero como nadie contestó al pregón, levantó tranquilamente la carga y se fue por el callejón de Donnalbina, con ligero contoneo.

Silencioso estaba a las cinco el palacio Jaquinnangelo. Mariángela, la doncella de la marquesa de Casamarte, había pasado la mañana en continuo ir y venir; cerraba la puerta despacito como si no quisiera que la oyesen y salía escaleras abajo como una saeta, saliendo a veces por la izquierda, a veces por la derecha, puesto de lado el sombrero, con atareada y misteriosa expresión. Sobre las dos, escapábase por la entornada puerta de la escalera rumor de voces hombrunas y femeniles que disputaban; de pronto, airada mano cerraba la puerta con violencia, acaso para que no se oyeran más las voces, a lo cual sucedía silencio sepulcral, no turbado ya, en el primer piso del palacio Jaquinnangelo. En el segundo, donde vivía el juez Scognamiglio, que alquilaba la mitad de su cuarto a una agencia de comisiones (la cual jamás hacía un negocio), nada se oía, según costumbre.

Las hijas de Scognamiglio estaban tan avergonzadas de la vida de trabajo inútil que hacían, de la profunda y decente miseria que pasaban sin murmurar, que vivían como topos, llenas de recelos y desconfianzas, preguntando tres veces quién era antes de abrir la puerta, entreabriéndola apenas cuando se resolvían a franquear la entrada, como si custodiasen algún tesoro. Nadie entraba nunca en su casa ni ellas salían jamás, haciendo la compra en el descansillo de la escalera a las seis de la mañana, cuando todo el mundo estaba durmiendo. Y aunque eran las cinco y se aproximaba la hora de que volviera el juececillo jorobado Scognamiglio del tribunal, ni el más leve olor a comida salía de la habitación, herméticamente cerrada. En el tercero, donde vivían doña Luisa Jaquinnangelo y la señora que llamaban francesa, había habido movimiento hasta las tres, porque doña Luisa, con infinidad de afectuosas razones y la mejor intención, no había dejado un momento de importunar a su marido, a sus hijos, al criado Pedro y a Conchita la cocinera; pero a las tres, después de comer, se había echado en la cama a dormir, no dejando de advertir que la despertaran a las cuatro, porque tenía mucho que hacer. No había tal cosa, y como todos los días, a las cuatro, después de contestar: *está bien*, se había vuelto a dormir enseguida; de modo que no había logrado más que fastidiar a las personas de la casa, que tenían que llamarla en vano. En el cuarto de la señora francesa reinaba gran tranquilidad, porque estaba sola la criada Tomasita; pero había salido y entrado tres o cuatro veces, arrastrándose, cada vez más cansada, refunfuñando contra sí misma, porque perdía la memoria y le costaba bajar otra vez la escalera a comprar cinco céntimos de perejil. Y mientras hervía en un fogón la salsa de tomate para los macarrones, en otro hornillo cocinaba judías, aderezadas con agua, tocino, pimienta y perejil, al mismo tiempo que una gran cantidad de pastas de todas clases, medidas y formas, que se venden más baratas, por ser lo que sobra de los cajones grandes de pasta. En la mesa negruzca de la cocina había medio melón. El potaje y el melón eran la comida de Tomasita y de su marido Francisco, que era guardia de orden público. En efecto, hacia la una, llamaron a la puerta con la mano, y fue Tomasita a abrir. Francisco venía de uniforme, echada hacia adelante la visera.

—Entra —le dijo ella, viéndolo titubear.

Era hombre que, como todos los guardias, se daba cierta formal importancia, y andaba despacio, con cautela, sin hacer ruido. Era joven, robusto, de cara subida de color y nariz delgada y ganchuda, que daba cierta fealdad a sus facciones. Aldeano de la Tierra de Labor, no había querido volver a destripar terrones después de haber sido soldado, enamorado del uniforme, fuera el que fuere, acostumbrado a llevar la gorra de medio lado, a las inacabables murmuraciones contra el rancho, el cuartel y los jefes. Quitóse la gorra en la cocina, buscando sitio limpio donde dejarla, mientras vertía Tomasita el potaje, pasándolo de la cazuela a un plato grande, del cual comían los dos, y donde echó también grandes rebanadas de pan, se pasó la mano por la cabeza y empezó a contar lo que había sucedido aquella mañana en casa. Había llegado reventado, medio muerto, deseando dormir hasta el medio día; pero ¡ca! Había ido la *señá* Fortunata, la que prestaba dinero y vendía vestidos y ropa blanca a plazos, cobrando todos los sábados, con terrible usura que abrumaba al deudor y le quitaba la tranquilidad para siempre; había armado un escándalo, anunciando otro para el domingo en casa de la señora, porque hacía tres semanas que no cobraba un céntimo.

—¿Por qué no has dejado dinero en casa para la *señá* Fortunata? —preguntó Francisco, zampando ávidamente las rebanadas de pan mojadas en el potaje.

—Porque no tenía —contestó la mujer con sequedad, encogiéndose de hombros.

Meneó el marido la cabeza, como queriendo decir que no le convencía la razón. Siempre fingía, como persona respetable que ejercía autoridad, como funcionario del Estado (según él decía), no ocuparse en la miseria de la casa, y mientras llevaba siempre en el bolsillo un par de reales para convidar a un amigo a un cigarro o a una copa, como manda el decoro, y gritaba que no le faltasen botones en el uniforme, dejaba a su mujer, mal vestida, preñada, enfermiza, matarse a trabajar. Después, mientras bebía en la botella de vidrio vino de Murano, contó que más tarde había ido el hermano de Tomasita, el albañil; había pasado el tifus, y después de llevar veinte días en el hospital de la Canocchia, se volvía a su tierra, porque el oficio de albañil no le convenía ya, por lo débil que tenía la cabeza y los vahídos que le daban. Se iba al pueblo, a Giffoni Valle Piana; no había ido más que a saludar a su hermana.

—¡Dichoso él! —exclamó ésta—. ¡Si yo pudiese ir también!

—Libertad en toda la línea —pronunció gravemente Francisco.

Miróle ella de reojo; no podía perdonarle que la hubiese engañado casándose nada más que canónicamente, porque los guardias sin graduación no podían contraer matrimonio, prometiéndole presentar la dimisión y establecer alguna industria con las seiscientas o setecientas pesetas que había ahorrado ella de soltera. Pero se habían comido los ahorros, y luego se habían empeñado, y él continuaba siendo guardia de orden público, murmurando siempre del servicio, asegurando que andaba en busca de otra cosa mejor, pero sin poder renunciar a la guerrera, a la gorra, a los paseos en pareja a paso cadencioso, pronunciando una palabra cada media hora. Y alguien cuidaba de decirle con frecuencia a Tomasita que no habiéndose casado más que por la iglesia, como otras muchas inocentes, podía dejarla plantada Francisco el mejor día.

—¿Tienes una peseta? —preguntó Francisco, levantándose y apretándose el cinturón.

—No —contestó la mujer, encogiéndose de hombros.

—¿Pues qué haces con el dinero?

Miróle ella con pena y con ira, preguntándose cómo se atrevía a hablar de dinero un hombre que no daba un céntimo en su casa y quería que le dieran de comer, descolgándose rarísima vez con su par de pesetas. No hizo más que mirarle, pero Francisco, con mucha dignidad, la saludó militarmente, volvió la espalda y se fue, murmurando que hacía mucho viento aquel día. Entraba de guardia a las tres, y volvería a casa a las once. Si algo se le ofrecía a ella, podía buscarle frente a San Carlos.

Cuando se quedó la mujer sola, tuvo un instante de abatimiento, pero la humildad le hizo dedicarse enseguida al trabajo, para que estuviera a tiempo la comida de la señora. Dispuesta estaba a las cuatro, y Tomasita, abrumada por el subir y bajar, el peso que había llevado y el cansancio de trabajo, se sentó en una silla en un rincón del gabinete a rezar el rosario con las manos debajo del delantal, y empezó a dar cabezadas, vencida del sueño. A las cinco y cuarto, Carminiello, un chico de ocho años, mozo de cuadra del cochero de la marquesa de Casamarte, salió corriendo al palacio Ricciardi, en la plaza de la Virgen de la Ayuda, con los zuecos de madera, usados cuando lavaba la caballeriza y los coches resonaban en el empedrado. A los diez minutos de haber desaparecido por la calle de San Juan el Mayor, estaba de vuelta y plantado en el rincón de la plaza, erguida la cabeza, gritó, rompiendo el profundo silencio de la tarde:

—¡Han salido el 12, el 3, el 90, el 42 y el 84!

Empezó entonces a levantarse murmullo en casas, portales, tiendas y sótanos. Doña Sofía, la mujer del peluquero Rigillo, fue la primera en abrir la ventana y gritar:

—¿Carminiello, qué ha salido?

Y el muchacho, muy tieso, echando el pecho fuera, hinchando la garganta, gritó:

—¡El 12, el 3, el 90, el 42 y el 84!

Alborotábanse las casas, abriánse todas las ventanas, aparecían las tenderas en las puertas de los establecimientos, presentábanse las porteras con falda y chaqueta de muselina blanca, en chinelas, en los portales, llenas de curiosidad, alzada la cabeza, en jarras los brazos. Y desde la garita del portal, Gelsomina Santoro, revuelto el pelo por haber estado echada como un pajarillo rubio que se despertara, exclamó:

—Carminiello, ¿quieres decir otra vez los números que han salido?

Entendió Carminiello, por la general curiosidad, por la emoción que delataba la voz, que aquel era un sábado excepcional. Y el muchacho que iba todas las semanas a presenciar el sorteo en la Rotonda, junto a San Juan el Mayor, repitió los números por tercera vez, haciendo las convenientes pausas, lanzando las sílabas como sonidos de trompa:

—¡El 12! ¡El 3! ¡El 90! ¡El 42! ¡El 84!

Todo quedó en silencio. Débil voz, la de Totonno el remendón preguntó desde la tienducha:

—¿Cómo ha salido el 90, Carminiello?

—El tercero —respondió.

Y cumplido el deber de pregonero público, salió corriendo hacia el palacio Ricciardi para acabar de fregar con la esponja al coche abierto de la marquesa de Casamarte. Restablecido el silencio, apareció en la esquina de la calle de Donnalbina la señora francesa dando el brazo a su hija Catalina. Cansadas venían ambas: la madre, de las muchas lecciones dadas, en las cuales solía gastar el poco aliento que le quedaba; la hija, de estar encerrada tantas horas en el colegio, en habitación estrecha para aquella robusta naturaleza. La madre arrastraba la sombrilla de percal ordinario y la hija llevaba desordenadamente los libros y cuadernos y la cajita de compases, como si se le fueran cayendo, torcido el cuello blanco a la mosquetera y echado atrás el sombrero. Entre el cansancio y el deseo de llegar a casa para comer, atravesaron pensativas la plaza en aquel instante de universal recogimiento, después el anuncio de la lotería, sin enterarse de nada, y subieron la escalera fatigosamente, diciendo alguna que otra palabra y llamaron varias veces a la puerta con el mango de la sombrilla porque no oía Tomasita, sumida en profundo sopor. Fue a abrir medio dormida, sin haber acabado el rosario, sin conocer casi a las señoritas, empañada aún la vista con el sueño. Todo estuvo listo en dos minutos y pusiéronse madre e hija a comer en la mesa redonda del consabido gabinete. Poquítisimo hablaban, porque la muchacha llevaba siempre magnífico apetito y comía mucho y aprisa, mientras la madre, enternecida, se paraba para verla comer. Llena aún de sueño servía la mesa Tomasita, lavando los cubiertos en la cocina para que estuviesen limpios siempre, después de haber puesto dos vasitos para el vino y uno para el agua. La madre, con el vaso en la blanca y delgada mano, miraba el vino y no lo bebía, porque por ser algo áspero, le daba más tos. Oíase en el palacio Jaquinangelo gran ruido de puertas que se abrían y cerraban; oíase mucho vocerío en la plaza; pero acostumbradas ambas mujeres al bullicio napolitano, no hacían caso. Terminada la comida, hablaban las dos; contaba la madre a la hija los episodios de las lecciones que daba, las rabietas de las discípulas, los caprichos de las madres, las insolencias de las criadas; hablaba la hija del humor negro del profesor de aritmética, de la melifluidad maligna del de literatura. Constante nota de alegría dominaba en las frases de la chica, la idea de la proximidad de julio y de las vacaciones que esperaba para poder levantarse tarde por las mañanas, no leer más que novelas y poder ir a paseo todas las noches. Y mientras hacía prometer a la madre que, en efecto, la sacaría a paseo diariamente, no se fijaba en que ésta palidecía cada vez que se hablaba de julio, porque las vacaciones del verano le quitaban cinco o seis de las diez o doce lecciones que constituían toda su rentilla, puesto que el verano, más mísero para los pobres, era para ella el mayor tormento. Dañoso era el invierno para su enfermedad del pecho, pero daba a ganar dinero. El tiempo cruel era el verano, que aumentaba la pobreza. ¿Cómo saldrían del venidero? Bajaba la señora la pensativa cabeza.

—¿Tiene usted quince céntimos? —preguntó Tomasita—. He de ir a buscar el café y no tengo bastante.

—Ahí están —contestó la señora sacándolos trabajosamente de la faltriquera.

Tomasita cerró la puerta, a la cual llamaron pasados tres o cuatro minutos.

—¿Quién es? —preguntó Catalina.

—Yo; soy Conchita.

La criada de doña Luisa Jaquinangelo entró, dejando la puerta cerrada.

—Mi señora me encarga que la salude a usted y le da las gracias por el regalo que esta mañana le ha enviado por conducto de Tomasita.

—¿Yo? —preguntó aturdida la señora.

—Quería saber, si no hay inconveniente, cuánto le ha caído a usted y si ha sido mucho, si continuará usted viviendo aquí, porque de irse usted, pondría enseguida papeles, ya que ahora es buen tiempo para alquilar.

Mirábanse maravilladas madre e hija.

—Explícate mejor, Conchita, porque mamá no te entiende.

—Hablo del terno de esta mañana, el que ha encontrado Tomasita debajo de la almohada de usted y que nos ha dado.

—¿Y ha salido? —preguntó la señora quedándose blanca como un paño recién lavado.

—¡Sí, diga usted ahora que no lo sabe! —dijo Conchita riéndose.

—Pues no lo sé de veras. ¿Ha salido?

—Sí, señora, enterito, con los tres números; allí está en la lista. ¡Qué hermosura! Quisiera ahora que me dijera usted lo que he de contestar a mi señora sobre lo de la habitación.

—Dile a doña Luisa que no he jugado, y que, por consiguiente, nada me ha caído —contestó suavemente la señora.

—¡Jesús! —gritó Conchita—. ¡Ha perdido usted la suerte! ¿Y por qué no ha jugado usted?

—Se me olvidaron los números —siguió diciendo con dulzura la señora.

—¿Y cómo es posible que se olvide eso?

—Cosas que pasan —respondió bajito.

—¿Y Tomasita? ¿Tampoco ha jugado?

—Ha ido por el café, pero es de esperar que la pobre haya jugado y sacado un buen premio.

—¿De modo que diré que seguirá usted aquí? El caso es que como a doña Luisa le ha caído un buen premio, no sé si querrá utilizar este piso...

—¿Cuánto le ha caído? —preguntó con esfuerzo doña Luisa.

—Veinte mil duros.

—¿Y a ti?

—Ocho mil reales, porque no tenía dinero para jugar más.

—Bueno —dijo penosamente la señora—. Di que si necesita el piso me lo diga y nos iremos.

—Sí, señora. ¡Dios mío! ¡No acordarse de los números! Si me pasara a mí una cosa así me moriría.

Y cerró la puerta. Entonces la hija, que no había dicho palabra, pálida y temblorosa, miró a la madre y la vio con la cara tan descompuesta, tan lívida que dio un grito, echándole los brazos al cuello.

—¡Ay mamá, mamá!

Con la boca en la cabellera de la hija, apretándole la cabeza contra el pecho, sollozaba hondamente la madre, sin hacer ruido, sin llorar, sacudida por tal emoción, que parecía despedazársele el alma. Intentó la muchacha levantar la cabeza dos veces sofocada por el abrazo, pero siempre que lo quería, la estrechaban con más fuerza los brazos maternos, como si la cabeza de la hija contra el pecho desconsolado la impidiese exhalar el último aliento.

Dos veces llamaron a la puerta. Aflojáronse y soltáronse los brazos de la madre.

—Ve a abrir —dijo a su hija, y volvió la cabeza hacia la sombra para que no la viese quien llamaba.

—Usted dispense, ¿está Tomasita? —preguntó Mariángela entrando.

—No, ha ido por café —dijo maquinalmente Catalina.

—¡Ah! Quería saludarla y darle una cosa. Nos vamos esta noche con la marquesa, el marqués y el condesito a París. ¿Quién lo hubiera dicho hace una hora? Pero no puede una figurarse lo que va a suceder. Esta mañana al Monte de Piedad y esta noche en coche cama.

—¿También a ustedes les ha caído? —preguntó la señora desde el rincón con voz desfigurada.

—Puede decirse que he jugado yo y no la marquesa. Llevaba yo al Monte de Piedad el alfiler, cuando me dio Tomasita los números, y no me los podía quitar de la cabeza. En el Monte he tenido que esperar mucho porque el sábado van muchos a empeñar para jugar a la lotería. Poco me han dado, porque como acude mucha gente, dan menos a cada uno. ¿Y qué hacer? Volvía a casa con la mitad de lo que necesitaba la marquesa, y entonces he pensado empeñar la papeleta y me han dado setenta pesetas más, de las cuales he jugado veinte pesetas por la señora y dos por mí. Cuando la señora ha visto lo poco que le llevaba, se ha echado a llorar; ha venido el marido y han armado la marimorena. ¡Valientes perros están los señores! Pues cuando se han sabido los premios, la señora que es tan buena, no se ha podido contener, lo ha contado todo y a escape han resuelto el viaje. Después se le ha dicho al marqués, porque como por desgracia es el amo, no se puede disponer nada sin contar con él. Dispensen ustedes si las entretengo con tanta charla. Había venido a traer estas cien pesetas de regalo para Tomasita. ¿Se las quiere usted dar cuando venga?

—Cuando venga con el café se las daré —dijo Catalina medio aturdida.

—Quisiera yo saber —prosiguió Mariángela yéndose— cómo se las arreglará la marquesa para desempeñar los brillantes. Como se lo ha contado todo al marido y el bribón lo cogerá todo, sin pagar más que los gastos del viaje, ¿cómo le dirá que tiene cosas empeñadas? No querría yo volver al Monte dentro de poco. Buenas noches, señoras.

—Buenas noches.

Fue Catalina a sentarse junto a su madre, y permanecieron calladas un rato.

—¡Cuánto tarda esa! —dijo Catalina.

—¿Querías ya el café, hija? —preguntó la madre.

—No es por el café, pero tarda mucho.

—Se habrá entretenido en la calle hablando de la lotería.

—Puede ser.

—Llamaron.

—¿Será ella?

—No, porque se llevó la llave.

Decidióse la niña a abrir por tercera vez. Allí estaba Gelsomina Santoro, la portera del palacio Ricciardi, con un envoltorio debajo del brazo. Al ver a la joven retrocedió algo intimidada.

—Dispensen ustedes, buscaba a Tomasita —dijo ruborizándose.

—¿No la ha visto usted? —preguntó Catalina—. Hora y media hace que salió por café y no ha vuelto.

—No la he visto, señorita; si la hubiera visto, no vendría a buscarla. Habrá salido mientras estaba yo en la tienda de mi novio Federico. Ahora nos casaremos —dijo con explosión de alegría, sin pasar puertas adentro.

—¿Por la lotería, verdad? —preguntó con dulzura la señora desde su rincón.

—Sí, señora, por la lotería. Y el tío Domingo, el patizambo que limpia las botas, que nos decía a Federico y a mí que no jugáramos aquellos números: al tío Domingo le han vuelto el juicio sus combinaciones. También habrá influido el que me prestara el real mi primo Pepito Ascione. Como hace santos, se ha vuelto también medio santo. Ahora irá a Pagliano a ponerse bueno y Federico y yo nos casaremos. En la administración de loterías no nos han querido dar el dinero cuando hemos ido a buscarlo. Han dicho que habían pagado demasiados premios, que se les había acabado el dinero y que volviéramos el lunes. Poco importa. El lunes iremos, que el Gobierno no se ha de escapar. ¿Dónde andará Tomasita?

—¿Dónde andará? —repitió Catalina.

Gelsomina puso el envoltorio en una silla junto a la puerta.

—¿Y eso qué es? —preguntó la joven.

—Es la colcha hecha de estrellas de ganchillo, que le estaba yo haciendo a Anita la hortelana que se va a casar. Ahora que se la haga ella si quiere, que yo he de hacer la mía. Esta le vendrá bien a Tomasita que va a tener pronto un niño. Hoy no podía darle otra cosa, porque el Gobierno no paga hasta el lunes, de modo que no tiene que ver más que la buena voluntad. Buenas tardes.

—Buenas tardes.

Oíase hablar en la escalera y Catalina, impaciente porque volviera Tomasita, se asomó a la barandilla. Era el juez jorobado Scognamiglio con todas sus hijas que se iba a paseo y habían encontrado en la escalera al tío Domingo el patizambo que subía.

—¿Qué tal? ¿Le ha caído a usted la lotería? —preguntó en broma el juez que nunca se chanceaba—. ¿Y cuánto?

—Nada, señor, nada; soy fiel a mis ideas, a las cosas que dicen los hombres científicos, los matemáticos, los que están iluminados por Dios.

—Pues aquel terno salió —dijo riéndose el juez, que jamás se reía.

—¡Casualidades, señor, casualidades! —respondió filosóficamente el patizambo dejando pasar a la feísima familia y subiéndose al tercero.

—Quería ver a Tomasita —dijo el tío Domingo a Catalina.

—Ya hace tiempo que la estamos aguardando —contestó ésta con desolado acento—. Habrá ido a cobrar la lotería.

—No creo que haya jugado —dijo con misterio el patizambo.

—¿Por qué?

—Porque quien sabe tan bien los números que salen es un iluminado por Dios, y éstos no juegan.

—Los números eran de mi mamá —dijo ingenuamente la joven.

—Que no los ha jugado —contestó triunfalmente el tío Domingo—. Su mamá de usted es un espíritu benéfico, que sirve para hacer bien a los demás. Dígale usted que se acuerde de mí el sábado que viene, que soy cristiano y pobre.

Catalina volvió a entrar muy desanimada y cerró la puerta, mientras el patizambo se iba tambaleándose.

—¡A cuánta gente le habrá caído! —murmuró la señora maquinalmente.

—A todos, a todos —respondió desconsolada la hija.

Y quedaron calladas. Anochecía. Continuaba en las escaleras del palacio el abrir y cerrar puertas y en la plaza de la Ayuda el vocerío y el desorden al empezar la alegre noche de mayo. Únicamente en aquel piso había silencio, y acariciaba maquinalmente la madre con las manos blancas y delgadas la melena de Catalina.

—Está oscuro, mamá. Encendamos luz.

Ambas fueron a la cocina, cogieron la lámpara pequeña de petróleo y la llevaron al gabinete. Como no habían acabado de quitar la mesa, la madre recogió tranquilamente los platos sucios y el mantel y se lo llevó a la cocina. Encendida la luz, brilló en medio de la mesa redonda.

—¿No tienes que estudiar las lecciones? —preguntó la madre a la hija, sentándose en el sofá.

—Mañana es domingo.

—¡Ah! ¿Es domingo? —repitió maquinalmente la señora.

Reinó otra vez el silencio. Pero empezaba a surgir leve rumor en la cocina, vago al principio, como un murmullo. Ninguna de ambas se enteró de ello, absortas en sus pensamientos, cuando una llave giró en la cerradura.

—¡Ahí está Tomasita! —dijo Catalina.

No era Tomasita, era Francisco, el guardia de orden público, de uniforme, muy correcto, llevando en la mano un cucurucho blanco. Se paró en firme, quitóse la gorra, se estiró la guerrera, se apretó el cinturón y dijo con dignidad:

—Tengan buenas tardes las señoras.

—Buenas tardes; Francisco, ¿qué es de Tomasita? —preguntó la señora mientras Catalina le miraba extática.

—Servidor de ustedes. Estaba yo de guardia frente a San Carlos, después de haber tomado un bocado, porque lo que nos da el Gobierno es una porquería. He visto pararse a mucha gente en la esquina de los Caballos de Bronce y he oído algunos gritos. Cumpliendo nuestro deber, porque en cuanto vemos a cuatro personas reunidas tenemos que ir allá, hemos acudido mi compañero Garaguso y yo. ¡Qué veo, señora! A mi mujer en el suelo, con los dolores del parto. Son cosas que, como son naturales, pueden decirse delante de una señorita. Chillaba Tomasa como una condenada. Había sabido en la calle la noticia de haberle tocado la lotería después de haber comprado el café, como era su obligación, y echó a correr hacia San Carlos para darme la gran noticia. Entre la impresión, la carrera y lo adelantado del embarazo, le han dado los dolores. El caso es que entre chillidos me lo ha contado todo. He tenido que meterla en un coche y subirla en brazos por la escalera. Afortunadamente, como se trataba de una parida en medio de la calle, he podido abandonar el puesto.

—¿La ha llevado usted a casa?

—Dispense usted, señora, pero en casa nadie podría asistirla. Yo tengo que cumplir con mi obligación y nadie sabe cuánta responsabilidad tenemos encima. La he llevado al hospital...

—¡Pobre Tomasita! —exclamó Catalina.

—... En cama de pago. Allí tendrá médicos, cirujanos, medicinas, comadronas, caldos y hasta pañales para el niño cuando nazca. Hay ideas muy falsas respecto al hospital. Ella ha ido contenta. Algo chillaba, pero todas las mujeres son aficionadas a chillar. Nada le faltará. Todavía no hemos cobrado la lotería, pero cobraremos el lunes.

—¿Cuánto ha sacado? —preguntó apresuradamente la señora.

—Poco —dijo el otro con despreciativo movimiento de los labios—. Como no ha jugado más que treinta céntimos, sólo le han tocado seis mil reales. Las mujeres siempre son mujeres. Si cuando encontró los números hubiera ido a buscarme y me lo hubiera contado todo, habríamos combinado una jugada de hombres y no de mujeres. ¿Qué se hace con seis mil reales? Tengo que continuar en el cuerpo, porque no sirve para nada tan poca cantidad. ¿Qué demonios hacía Tomasita con los cuartos? Nada; la mujer siempre es la mujer.

—¿Y está ahora bien? —preguntó la señora compasivamente.

—Como bien, no está, porque es primeriza y débil; bien no está. Pero está en buenas manos. Entre grito y grito, se ha acordado de darme estos quince céntimos de café, que he traído con la llave, obedeciendo la consigna. También me ha dicho que se alegraba mucho, mucho, de que la señora haya prosperado, y que, aun no considerándose digna de servirla en adelante, le rogase que se acordara de ella y que esta noche especialmente la tuviera presente en sus oraciones, porque se sentía muy mala. ¿Qué le vamos a hacer? Las mujeres, cuando se ven en ese trance, creen siempre que se van a morir. Repite que aunque sabe que ya no ha de volver a servir aquí porque la señora tendrá otros planes, le suplica que no la olvide.

Iba Catalina a exclamar que nada habían sacado, que siempre querrían a Tomasita, pero la madre la hizo callar con un ademán y dijo:

—Está muy bien, Francisco; dígale que esté tranquila, que siempre la apreciamos cualquiera sea nuestra situación. ¿Cuándo la verá usted?

—¿Esta noche, verdad? —respondió Catalina.

—El reglamento no lo permite; hay que respetar los reglamentos. Mañana si Dios quiere.

—Llévele usted a la pobrecilla estas cien pesetas que le manda la marquesa de Casamarte y esta colcha de Gelsomina Santoro, que le gustaría. Yo... nada puedo hacer aún... —añadió, vacilante y volviendo la cara hacia otra parte.

—No importa —contestó Francisco con ademán digno y desinteresado—. Más adelante veremos.

—... Iré a verla al hospital.

—Aquí está el café —dijo Francisco entregando el cucurucho—. Buenas noches tengan las señoras.

Levantóse, se cubrió la cabeza, cogió el billete y la colcha y se fue.

Completamente solas quedaron ambas mujeres en el cuarto. Inmóvil y de pie, pensaba la joven en la casa sin un céntimo, sin criada, en la casa de donde tendrían que irse pronto acaso. Pensaba confusamente en todo aquello, mientras la madre, cruzadas las blancas manos en las rodillas, cerraba los ojos, como si quisiera dormirse.

—Madre —dijo la muchacha, sentándose junto a ella.

—¿Qué hija mía?

—Dime una cosa.

—¿Qué?

—¿Es de veras que te has olvidado de jugar el billete?

—... Lo he olvidado... —repuso la mujer débilmente.

—Mamá, nunca has mentido, nunca. ¿No te has acordado o es que no tenías dinero? La verdad, mamá.

—... No tenía dinero.

—¿Cómo que no tenías dinero? ¿No te he pedido una peseta para mis cartones de dibujo y me la has dado?

Nada respondió la señora.

—¿No tenías más que aquella, mamá? ¿No tenías más que aquella y me la has dado? Di la verdad.

Nada dijo la madre, no contestó palabra, no hizo un gesto. Pero la hija se dejó caer a sus plantas, abiertos los brazos, dando con la cabeza en las rodillas de su madre, exclamando:

—¡Perdón, mamá; perdón, mamá!

Y la madre decía débilmente:

—¡Hija mía, hijita mía!

Grazia Deledda

En la Italia del siglo XIX *existía un patriotismo ingenuo, lleno de ímpetu, pero muy poco racional. Los pueblos exaltaban y defendían sus costumbres y tradiciones frente al dominio anglosajón que se extendía por el mundo. En ese contexto se debe ubicar y comprender la literatura de Grazia Deledda.*

Nació en Nuoro, un pequeño pueblo de la isla de Cerdeña, en octubre de 1871, y creció en una familia tradicional. Un maestro de la escuela primaria, descubriendo su talento para la narración, le insistió en que hiciera conocer sus relatos. Desde los quince años comenzó a publicar y a esa edad también escribió su primer novela, Fior de Sardegna, *aunque ésta se editó recién en 1892.*

El mismo maestro le aconsejó que enviará sus escritos a Roma, que intentara buscar otros lugares de consagración fuera de la isla de Cerdeña. Entre contactos y algunos viajes esporádicos conoció a su esposo, un funcionario de importante cargo en un ministerio. Apenas se casó, en 1890, se mudó a la capital italiana, y a pesar de conocer la vida urbana, su literatura nunca dejó de retratar la cultura de su pueblo natal.

En 1903, Deledda publicó su novela más conocida, Elías Portolú, *que para varios críticos fue la más lograda. Se trata de una historia de amor entre un ex presidiario y su cuñada, narrada en forma sencilla, a pesar del conflicto que encierra la trama, y usando a Cerdeña como escena-*

rio. Con la novela conquistó la confianza de las editoriales de Roma, el paso previo para que fuese leída en el resto de Europa. Publicó a razón de una obra por año, entre novelas, cuentos, unas pocas piezas de teatro y poemas donde expresaba su amor por la naturaleza.

A pesar del éxito, Deledda, al igual que otras escritoras como Matilde Serao, Ana Vivanti y Ada Negri, debió superar el prejuicio de una sociedad que conservaba valores caducos cuando comenzaba el siglo XX. Las primeras obras de Deledda fueron rechazadas en Italia, seguidas de escándalos, por el hecho de tratarse de ser mujer, mientras en el resto de Europa se la traducía a varios idiomas y la invitaba a dar conferencias en las ciudades más importantes.

La repercusión que acumulaba su obra tuvo su cumbre en 1926, cuando recibió el Premio Nobel de Literatura. Ya había publicado otras obras de trascendencia, como las novelas Cenizas, *de 1903,* Cañas al viento, *de 1913, y* La madre, *de 1920.*

Deledda falleció en Roma en agosto de 1936. Un año después se publicó otra novela suya de amplia trascendencia, Cósima, *de carácter autobiográfico.*

La literatura italiana que recorrió el período entre fines de siglo XIX y la llegada de Mussolini al poder, estuvo entre el naturalismo realista y la vanguardia de los nuevos tiempos. Grazia Deledda se ubica en ese contexto, con sus personajes consternados de conflictos, a pesar de que viven rodeados de paisajes rurales de una belleza envidiable. Sus personajes son pasionales y acongojados, su escenario bello y decadente a la vez.

Se la comparó con el escritor ruso Máximo Gorki, por el naturalismo de sus historias. Sus obras fueron reeditadas en diferentes décadas, resultado de modas espontáneas o por una revalorización de su calidad.

Pecado mortal

Hace algunos años, vivían todavía, en un convento levantado sobre la meseta de una montaña sarda, algunos frailes, franciscanos si mal no recuerdo. Cada dos o tres meses, uno de ellos bajaba al valle, tomaba un caballo de la cercana aldea –generalmente, el caballo le era prestado por algún labriego rico de la comarca– y visitaba dos o tres pueblecillos, en busca de limosnas para la comunidad.

El más joven de los frailes, apodado padre Topes, por su cara tímida de ratoncito, su silueta delgada, su pálida tez y sus brillantes ojos, contaba entonces apenas veintidós o veintitrés años, a pesar de que demostrara tener más edad; rezaba y callaba siempre; estaba en olor de santidad y decíase que era de una absoluta pureza. Hijo de un bandido, muerto hacía ya muchos años, desde pequeño había sido pastor, y su madre una orgullosa y pobrísima viuda, habría preferido que siguiese el camino de su progenitor antes de verlo convertido en fraile.

Así, el padre Topes, cuyo verdadero nombre era Zuanne, rezaba, callaba y trabajaba continuamente. Por la mañana, ordeñaba las cabras de propiedad de los frailes, luego cavaba en la huerta, cocinaba, fregaba la rústica vajilla, traía agua del pozo y de los manantiales. Por la tarde, quedábase largas horas asomado a la ventana de su celda, tirando migajas a los pajaritos que revoloteaban alrededor del alféizar de piedra.

Una inmensa soledad envolvía al pequeño y negruzco convento que, ruinoso, comenzaba a desmoronarse; bosques milenarios de encinas, rocas de perfiles extraños, que en los crepúsculos glaucos semejaban a enormes cabezas de esfinges; breñas de acebo y helechos de un verdor amarillento, circundaban el edificio y cubrían las laderas de la montaña piramidal. Desde su ventana, el padre Topes disfrutaba de un inmenso horizonte; percibíanse montañas violáceas bajo el cielo que mudaba de color a cada instante y que, a la luz de la aurora, parecía cubierto de leche azulada, mientras que al ocaso ardía como lámina de oro empurpurada por el reflejo de un fuego potente. ¿Sentía el padre Topes la grandiosa belleza, la soledad divina del lugar? ¿Sentía las agudas fragancias del musgo y de las plantas aromáticas que llegaban de los bosques, cuando la luna nueva, roja como una herida sobre el cielo violeta, ascendía tras las montañas, cuando las rocas, el crepúsculo, reverberaban casi con luz propia y todo el campo tenía estremecimientos y murmullos misteriosos y toda la naturaleza parecía absorta en un sueño de amor?

¡Quién sabe! El hecho es que permanecía horas y horas asomado a su ventana, aun después de que los pájaros retirábanse al bosque y a los nidos hechos sobre las rocas; y miraba, arrobado, en éxtasis, el magnífico horizonte. Y aun en invierno, cuando las nubes y la niebla envolvían la montaña, el frailecito solía asomarse a su ventana, con el rostro pálido, amoratado por el frío, y miraba a lo lejos, tirando migajas de pan a los cuervos que venían con las nubes y tornábanse con ellas.

—Gracias, gracias, gracias —parecían decir los cuervos con sus graznidos roncos, saludando al extraño fraile.

—Llegará a santo; santo como San Francisco —decía fray Chirchu, el padre guardián, que por la noche gemía y se martirizaba por no poder resistir durante el día a la tentación de embriagarse.

Pero... una vez, el padre Topes cayó en pecado mortal. Y he aquí cómo.

Un día, en los comienzos de abril florido, estando el frailecito en la ventana contemplando el diáfano cielo azul, el padre Chirchu lo llamó y le ordenó que saliera al día siguiente en busca de limosna.

Aunque por aquella época del año los sardos atravesaban siempre por un período de pobreza, nunca, sin embargo, negábanse a ayudar a los frailes de la montaña.

Fray Topes salió de madrugada; el cielo era plateado, el bosque húmedo y las hojas secas y negras que cubrían la tierra, brillaban por el rocío. Una suave fragancia a violetas y narcisos envolvía al fraile, que sonreía beatíficamente. ¡Ah, qué feliz se sentía al viajar! Habría visitado muchas y hermosas iglesias, vería al obispo de Nuoro, solemne y bello como un santo apóstol... Llegado a la falda de la montaña, frente a la aldea, el fraile descansó bajo una encina, cerca de la cual una fuente dejaba oír sus rumores. A poca distancia estaba la primera casa de la aldea, y una aldeana, alta y atrayente, morena, pero con los ojos azules, salió de aquella casa y fue a sacar agua del manantial; saludó al fraile, al pasar, sonriéndole con gracia. Él la miró y no se turbó en lo más mínimo ni por el saludo ni por la sonrisa; bien al contrario, le preguntó quién estaría dispuesto a prestarle el caballo. La muchacha nombró a un rico aldeano. El frailecito encontró la cabalgadura, y salió.

El tiempo era maravilloso, templado y suave; el sol, ya cálido, pero velado por los vapores lácteos, inundaba de voluptuosas calorías la verde campiña, fresca, florida. El fraile viajaba con placer, saludando a todas las personas que encontraba; algunas veces, cruzaba por entre el pasto crecido, para dar de comer al caballo, y sentía una dulzura infinita, parecida a los éxtasis que experimentaba en el convento cuando rezaba soñando con el paraíso.

Una noche, llegó tarde a un pueblo. La noche era clara, tibia, dulce y fragante como una noche de junio. Fray Topes hubiera querido dormir bajo el cielo estrellado, pero tenía las alforjas repletas y temía a los ladrones. Los tiempos eran tristes: había mucha gente buena en el mundo, pero también había mucha mala. Y, además, se sentía cansado, con sueño, necesitado de reposo y de seguridad.

Golpeó a la primera puerta que se le presentó. Le fue inmediatamente abierta por una mujer alta y bella, morena, con ojos azules, una mujer que se parecía a la muchacha que encontrara al bajar de la montaña, junto a la fuente.

—¿Qué queréis? —le preguntó ella con tono agrio, mirándole maravillada.

—Esto y esto —y Topes dijo lo que deseaba.

La mujer titubeó un momento, frunciendo las espesas cejas negras; luego, introdujo al fraile y a su caballo cargado en un pequeño corral que formaba parte de la misma casa.

—Soy sola —le dijo, ayudándole a descargar los sacos y riéndose con tono un tanto burlón—, pero confío en que la gente no querrá murmurar si os dejo dormir aquí.

—No, seguramente —contestó fray Topes, sonriendo—. De todos modos, me iré antes del amanecer. Dormiré mejor aquí en el corral.

—¡No, por la virgen, no! Para el siervo de Dios está siempre reservado el mejor lugar de mi casa. Pero ¡cómo pesan los sacos...! ¿Habéis tenido buena suerte, no?

—Sí, en todos los rediles me han dado queso nuevo. ¡Que el Señor bendiga a los rebaños! Y aceite también me han dado, las buenas mujeres. ¡Que sea bendito su corazón!

—Amén —dijo la mujer, riendo.

Tenía un aspecto extraño; su mirada brillante, su sonrisa burlona, producíanle casi miedo. Al principio, fray Topes la creyó un poco loca. Hizo entrar al fraile en su aposento azul y le brindó dulces, vinos y licores.

—¡No, no!

Fray Topes lo rechazaba todo; pero ella insistió con tanta gracia acariciadora e insinuante, que comió al fin varias confituras y bebió un vaso de vino suave e intenso, como el perfume de las plantas aromáticas que circundaban al convento; luego bebió otro, luego un cáliz de un licor rojizo y ardiente como el cielo a la hora de la tarde visto desde la ventana de su celda; luego, otra más...

—Decidme, ¿de qué convento sois? ¿Dónde habéis estado? —preguntaba la mujer, erguida junto a él.

Estaba ataviada con acicalamiento; llevaba un corselete, que, al reflejo de la luz, hacía brillar su recamado de lentejuelas; los negros cabellos teníalos partidos desde la frente y anudados alrededor de los oídos; exhalaba un perfume a violetas que aturdía al fraile.

Fray Topes experimentaba una dulzura jamás gustada, una felicidad infinita. Sentado en una silla, cerca del lecho, parecíale que todos sus miembros estuvieran quebrantados y que su cuerpo no podía ya moverse; y probaba un deleite sumo en aquel quebranto, por aquel abandono de todas sus voluntades físicas. Mientras tanto, contábale su peregrinación a la mujer, contábale su vida entera, con una locuacidad de que nunca él mismo se hubiera creído capaz.

—¡Ah! —dijo ella, atónita—. ¿Sois el hijo de aquel bandido? ¿Y por qué os habéis hecho fraile?

—Para expiar los pecados de mi padre.

Y, enseguida, se arrepintió con gran pena de aquella confesión; pero la mujer lo aturdió con una carcajada de mofa.

—¿Por qué te ríes? —le preguntó.

—Porque eres un estúpido... —le respondió ella, inclinándose hacia él y acariciándole—. Eres un niño inocente. ¿Eres inocente o no?

—Sí —dijo él, pálido y trémulo, rechazándola débilmente.

En aquel momento golpearon a la puerta, pero la mujer fingió no oír; y volvió a inclinarse, tomó los brazos del fraile, los ciñó alrededor de su cuello, y lo besó en los labios. Él cerró los ojos, y dos lágrimas resbalaron por sus mejillas temblorosas.

—Bésame —dijo ella, en una especie de delirio.

Él la besó... y quedose dos días y dos noches en la casa fatal. A la tercera noche, ella lo echó.

—Anda —le dijo—, volverás otra vez. Ahora, vete.

El frailero le dejó todo lo que llevaba en las alforjas; a decir verdad, al principio la mujer no quería aceptar nada, pero luego se dejó convencer y se quedó con todo.

Fray Topes llegó al convento la noche después. Cuando el padre Chirchu le vio, hizo la señal de la cruz.

—En el nombre del Padre, del Hijo y del Espíritu Santo, ¿qué os ha pasado, hermano Zuanne? Parecéis un viejo de cien años; diríase que habéis entrado y salido del infierno.

—Y bien —dijo el pobrecito, con voz ahogada—. Me han asaltado los ladrones, me han robado y me han apaleado.

Padre Chirchu, medio ebrio, cayó de rodillas y comenzó a gritar y a proferir denuestos contra la maldad del mundo; luego se levantó y, apoyándose en la pared, preguntó:

—¿Y el caballo, también?

—No, el caballo he conseguido devolverlo sano y salvo a su dueño.

—Y bien, hombre de poca fe, tenéis que rehacer el camino. Cuando sepan que los ladrones han asaltado en vuestra persona al mismo Jesucristo, todos redoblarán sus limosnas.

Fray Tepes, ya pálido como un cadáver, se volvió lívido y empezó a temblar.

—Padre —suplicó con las manos juntas—, no me mandéis, no me mandéis otra vez. Me asaltarán de nuevo. Tengo miedo. Tened piedad de mí. Mandad a otro.

—A otro no le creerían; dirían que estamos haciendo una especulación. Id, hermano Zuanne; cuando vean vuestro rostro envejecido y vuestros ojos llenos de terror, redoblarán la caridad.

En vano el frailecito rogó y suplicó. El padre Chirchu, como buen padre guardián, sabía bien su cuenta para no desistir de la feliz idea que habíale cruzado por el cerebro; pero concedió a fray Topes una semana de descanso.

Y fue una semana de martirio.

La primavera espléndida de la montaña envolvía de luces y fragancias el viejo y dormido convento. Las aves canoras dejaban oír sus alegres trinos en el bosque oloroso de violetas. Fray Topes deliraba, con la sangre abrasada por una invencible obsesión de remordimiento, de recuerdo y de deseo. ¡Y querían que él partiera! ¡No...! Más bien morir; porque partir significaba infaliblemente encaminarse hacia el pecado. Y él no quería pecar más; quería ahora vivir cien años en el convento, en una gruta, encima de una roca, como San Simón en la columna, para expiar así sus pecados, los suyos y los de su padre.

Sin embargo, después de una semana se sintió más tranquilo y salió. Un hilo de esperanza le guiaba. ¡Dios todo misericordioso no dejaría de ayudarle!

Y también esta vez el cielo tenía destellos de plata y a través del ramaje llegaba el embriagador perfume de las violetas y los narcisos, llenando de emanaciones deliciosas el aire fresco de la madrugada.

Fray Topes comenzó entonces a turbarse, al respirar la fragancia de las flores, y recordó el perfume de "aquella" mujer; y sintió su corazón cerrársele, cerrársele, hacerse pequeño, diminuto, como un tallito de helecho. Llegado al valle descansó como la otra vez, bajo la gran encina de bajas ramas, cerca de la fuente.

La gran aldea callaba, coloreada apenas por los matices de la aurora.

Como la otra vez, también la muchacha alta, atrayente, de los ojos azules y frescos labios rojos, vino a buscar agua a la fuente. Al ver al frailecito, le sonrió graciosamente y le dijo, con voz acariciadora, como si se dirigiera a un niño:

—¿De manera que os han asaltado los bandidos? ¡Oh, qué malos, los ladrones...! ¡Irán al infierno...!

El frailecito no contestó, pero la miró como un loco. ¡Ah, sí, Dios bendito, cómo se parecía a la "otra"! Y, al mirarla, el padre

Topes experimentaba un vértigo de deseo que le nublaba la vista.

Estaba perdido, perdido por toda la eternidad. Comprendió que no habría dado un paso sino para dirigirse a aquel lugar, y no se movió.

Tan pronto como la muchacha se fue –alta y bella, con el cántaro en la cadera, cual moderna Samaritana–, fray Topes la miró con ojos ardientes; luego, se quitó el cordón gris que le ceñía la túnica por la cintura, y lo tiró sobre una rama.

Saltó sobre la piedra que le servía de asiento, hizo un nudo corredizo al cordón, se lo pasó alrededor del cuello y se lanzó en el vacío.

Selma Lagerloff

La experiencia de maestra en una escuela en el pueblo de Landskrona, entre los años 1885 y 1895, fue la cuna literaria de Selma Lagerloff. Por un lado, porque allí escribió los mejores cuentos infantiles de su época. Y por otro, porque fue el lugar donde recopiló los mitos y las leyendas populares de los diferentes pueblos de Suecia, aunque ya en Marbacka, el pueblo donde nació en 1858, había prestado atención a los relatos folclóricos que le contaban sus padres y los aldeanos.

Mientras continuaba dando clases en la escuela, Lagerloff publicó su primer libro, La leyenda de Gösta Berling, *en 1891, una recopilación adaptada de cuentos populares del pueblo de Värmland. Tres años después publicó* Lazos invisibles, *otro libro de cuentos.*

La trascendencia y el talento reunido en sus dos primeros libros fueron de sumo interés para la Corona de Suecia que, en 1895, le ofreció un sueldo de por vida para que se dedicase a escribir.

A pesar de que dejó la docencia y de que se dedicó íntegramente a la literatura, Lagerloff recién publicó otra obra en 1899, los cuentos De una granja sueca. *Y en 1901 la novela* Jerusalem, *en la que retrató un grupo de religiosos que parten de un pueblo olvidado de Suecia y terminan peregrinando a Palestina. La temática se convierte en contemporánea a partir de la forma en que describe los sacrificios de que es capaz un grupo comprometido con la religión.*

La concesión de la Corona tuvo su retribución en 1907, cuando publicó El maravilloso viaje de Nils Holgersson a través de Suecia. *El personaje principal es un duende que montado en un ganso recorre el país, en un viaje plagado de aventuras y escuchando historias fantásticas en cada una de las regiones que conoce. El libro fue encargado por el gobierno de Suecia para inculcar, desde una historia de ficción y con el aporte de la prosa cautivante de Lagerloff, valores patrióticos a los alumnos, y establecido en las escuelas como de lectura obligatoria.*

En 1909, Selma Lagerloff se convirtió en la primer mujer en recibir el Premio Nobel de Literatura. Cinco años después, en la primer miembro de la Academia Sueca de Literatura.

Su obra reúne la tradición peculiar de cada región, de cada pueblo, siendo una recopiladora fiel de las creencias milenarias de diferentes culturas. Sus historias, en la mayoría, son resultado de leyendas y relatos fantásticos, de personajes míticos. Sus protagonistas son la misma gente de esos pueblos, con la humildad y la modesta necesidad de vivir bien, sin grandes ambiciones.

A pesar de la esencia medieval y romántica que recorre cada uno de sus relatos, Lagerloff supo comprometerse, desde la práctica, con los conflictos que amenazaban los primeros años del siglo XX. Participó en la lucha antifascista que encabezaron numerosos intelectuales antes y durante el avance de Hitler hacia el resto del Europa. Aprovechando el honor del Premio Nobel, denunció los abusos culturales y sociales de algunos gobiernos occidentales.

Luego de varios años escribiendo su autobiografía, desde 1932 se publicaron los tomos de El diario de Selma Lagerloff. *La obra, que se convirtió en una de las más exitosas de la década de 1930, fue la última que escribió. Murió en 1940.*

La novela de la mujer de un pescador

Alzábase la choza a un extremo de la aldea de pescadores, en una colina de arena blanca, y era tan miserable que no se pudo alinear entre los otros albergues simétricos y aseados que formaban la gran plaza verde donde se secaban las redes extendidas; al contemplar la choza habríase dicho que había brotado por sí sola de la arena, apartada del resto del pueblo. La pobre viuda que ideara y fabricara el albergue había edificado los muros más bajos que los de las otras casas y el techo puntiagudo más alto que los demás techos. El piso se hundía en la arena, y la ventana, ni alta ni ancha, se abría desde el suelo al alero de la techumbre. En el interior, constituido por una habitación única y reducida, no había quedado espacio para el horno ni para el gallinero, y había sido necesario agregarlos, en dos saledizos, a la choza. No tenía ésta, como las demás casas, el pequeño jardín donde las campanillas se enlazaban a los groselleros y crecía el saúco, ahogado entre las bardanas. Las bardanas eran la única vegetación que se extendía desde la colina al pueblo; en verano, frescas y verdes, cubiertas de flores rojas entre púas retorcidas. Mas cuando llegaba el otoño y las púas se endurecían y granaban las semillas, secábanse las bardanas, caíanse las hojas y se cubrían de telarañas llenas de polvo.

La choza no sobrevivía al segundo de sus inquilinos: sus muros de bálago no resistían, más allá de dos generaciones, el peso de su gran techumbre. Las pobres viudas del pueblo elegían aquel rincón para vivienda. La viuda que entonces la habitaba se complacía en contemplar las bardanas, sobre todo cuando en otoño se secaban y se asían a las piedras. Aquellas plantas le recordaban a la mujer que la había precedido y había reconstruido la choza: una mujer seca y vieja, capaz también de asirse a la tierra como las bardanas. La infeliz había invertido todas sus fuerzas en criar a su hijo, de quien era el único amparo en el mundo. Al pensar en ello, la propietaria actual sentía impulsos de llorar y reír a la vez. ¡Quién sabe si las cosas habrían ocurrido de un modo muy diferente al no tener aquella vieja ya muerta algo de la naturaleza de las bardanas! ¡Quién sabe si habría sido mejor!

La viuda pensaba a menudo y detenidamente en el azar que la había lanzado y recluido en la costa llana de Escania, junto a aquel estrecho tan angosto, entre aquel pueblo plácido y cachazudo. La viuda había nacido en un puertecillo noruego al pie de los *fjells* escarpados frente al mar sin fin. Aunque su padre, un comerciante, la había dejado en la pobreza, estaba acostumbrada a vivir en sociedad en medio del tráfago de la vida. ¡Cuántas veces se había referido a sí misma su propia historia como si releyera un libro difícil, para descifrar penosamente sus conceptos!

Era su destino: una noche, al regresar del taller de costura donde trabajaba, la habían asaltado dos marineros, y otro marinero, un tercero en discordia, le había salvado con riesgo de la vida y la había acompañado hasta la casa de ella. Ella lo había obligado a entrar, lo había presentado a su madre y a sus hermanas y, presa de viva exaltación, había referido lo ocurrido. Le pareció que su vida había aumentado de precio desde el instante en que otro había arriesgado temerariamente la suya por salvarla. La familia acogió con efusión al joven marino, comprometiéndolo a que las visitase cuantas veces pudiera.

Se llamaba Borje Nilsson y era marinero de la goleta escaniana *Albertina*. Siempre que llegaba al puerto iba Nilsson a visitar a sus nuevos amigos, y no tardó en cundir la sospecha de que aquel muchacho no era un simple marino. Llevaba siempre un cuello a la marinera resplandeciente de blancura y un traje de buena calidad. No había hablado nunca acerca de la posición de su familia, pero, por su trato y sus modales finos, sus amigos suponíanlo hijo único de una viuda potentada y mozo que, por afición irresistible a la mar y deseo de convencer a su madre de lo firme de su vocación, se había embarcado como simple marinero, oficio que abandonaría cuando se examinase y su madre le agenciara la propiedad de un barco.

Aquella familia noruega apartada de sus antiguas amistades acogió a Nilsson sin el menor recelo. Alegre y locuaz, el joven describía su casa de techo alto y puntiagudo, la gran chimenea de estilo antiguo y los cristales pequeños de las ventanas de la sala; hablábales de las calles silenciosas de su pueblo; de las hileras de casas todas iguales y del contraste que con éstas formaba su vivienda, diferente de todas con sus saledizos. Escuchándolo, sus amigos creían contemplar detrás de él una mansión burguesa de antaño con el remate del frontis adornado de estatuas; una de esas viejas viviendas de altos salientes y que producen una agradable impresión de riqueza y antigüedad venerable.

La joven no tardó en comprender que se había enamorado del marino, y su madre y sus hermanas celebraron aquel amor. El cielo les deparaba el sueco joven y rico para alivio de su pobreza. Aunque cuando la joven no se hubiese enamorado no habría habido motivo para rechazarle. Seguramente un padre o un hermano mayor habría inquirido informes acerca del joven extranjero, mas la madre no reparó en tal cosa. Andando el tiempo se convencieron de que ellas mismas habían impulsado al marino a mentir. Al principio y sin mala intención éste les había permitido desplegar la imaginación y atribuirle la propiedad de grandes riquezas; luego, al ver a su futura familia tan dichosa y ante el temor de perder el cariño de la mujer querida, no tuvo valor de revelar el engaño.

Antes de partir la goleta celebraron los esponsales y al regreso del barco se casaron. Algo desencantó a la novia: el hecho de que Nilsson volviera vestido de marino, pero lo atribuyó a que el contrato de embarque de Nilsson no habría terminado aún. No traía el novio ningún presente de su madre, quizá porque ésta ambicionaba para su hijo una boda más ventajosa. Sería preciso que suegra y nuera se conocieran y que Astrid, la novia, se conquistara la simpatía de la madre. Y sin embargo, por poco que se hubiesen fijado, Astrid y su familia habrían comprendido que el marinero era pobre.

Deseó la joven marchar al país de su marido a bordo de la goleta; el patrón le ofreció su camarote, y los novios aceptaron con gran alegría el obsequio. Relevado de casi todo su trabajo, pasaba Nilsson la mayor parte hablando en cubierta con Astrid. Prometíale toda clase de dichas imaginarias; venturas soñadas con que él mismo había rodeado su vida entera. Cuanto más pensaba en su choza humilde, medio sepultada en la arena, más alto edificaba su imaginación el palacio que habría deseado ofrecer a su esposa.

Se imaginaba contemplar a la joven deslizarse dulcemente a través del puerto adornado de flores y empavesado en honor suyo. Cruzaba en un barco por debajo de un arco triunfal acompañada largo tiempo por los hombres del pueblo entre las mujeres pálidas de envidia. Y al fin Nilsson la conducía a una antigua mansión venerable donde los viejos servidores de cabellera blanca inclinábanse a su paso y donde la gran mesa del banquete se doblegaba al peso de la vajilla de plata.

Cuando Astrid descubrió la verdad, creyó que el patrón de la goleta se había confabulado con Nilsson para engañarla; mas pronto comprendió que ella se equivocaba también. Los marineros se habían acostumbrado a hablar de Nilsson como de una persona notable. Su broma favorita era hablar de sus grandes riquezas y de la alcurnia de su familia. La tripulación llegó a creer que hasta la novia bromeaba también al hablar de ello. Así es que Astrid pudo seguir imaginando, hasta arribar al pueblo de Nilsson, que su esposo era hombre pudiente.

Nilsson obtuvo autorización, de un día entero, para conducir e instalar a su mujer en casa de su madre. En el puerto, que debía de recibirlos empavesado y entre las aclamaciones de la multitud, reinaba la soledad y el reposo de siempre. El marinero advirtió la mirada de desolación con que la novia observaba en torno suyo.

—Hemos llegado demasiado pronto —le dijo—. El tiempo ha sido bueno y la travesía muy corta. No nos han enviado carruaje y tendremos que caminar largo trecho, porque mi casa está fuera del pueblo.

—¡Qué importa! —contestó Astrid—. Hemos estado mucho tiempo quietos y nos conviene caminar.

Y acometieron el camino; ¡aquel camino horrible en el cual ni aun en los días de su vejez podía pensar Astrid sin gemir de angustia ni crispar las manos de sufrimiento! Avanzaban por las anchas vías desiertas en las que la novia reconocía las calles que su marido le describiera. Contemplaba, como antiguos amigos, la iglesia sombría y las chozas de bálago, todas igualmente altas. Pero ¿dónde estaban el frontis puntiagudo y la balaustrada magnífica?

Nilsson movió la cabeza como indicándole que había adivinado su pensamiento.

—Aun está lejos —exclamó.

¡Ah, por qué Nilsson no se apiadó de ella y no desvaneció de golpe sus ilusiones! Tanto lo amaba entonces que todo se lo habría perdonado. ¡Y sin embargo, seguía mintiendo a pesar de advertir la angustia que le producía el temor de ser engañada! Ese fue para ella el sufrimiento mayor y lo que jamás pudo perdonarle del todo; bien que la engañara de primer intento para llevársela de su país y evitar que pudiese abandonarle; mas ¿a qué persistir en el engaño que le había helado el alma, incapaz ya de confortarse al calor de amor alguno?

Cruzaron la aldea y se hallaron en plena llanura. Había fosos sombríos y rampas llenas de hierba, vestigios de las fortificaciones que antaño habían amparado al pueblo. Entre las rampas y los fosos, y alrededor de una fortaleza de grandes torres grises, veíanse algunas viviendas de aspecto muy antiguo. Astrid las miró tímidamente, pero Nilsson se dirigió hacia la derecha y siguió por una muralla que bordeaba la vertiente.

—Es un atajo —dijo al ver que su mujer se extrañaba de que la condujera por un sendero tan angosto.

El marino se había quedado taciturno. Andando el tiempo comprendió la muchacha que a Nilsson le había sido muy penoso conducirla a su aldea y a su choza; que se arrepentía de haberse casado con una mujer más principal que él, y que temía lo que acaso haría Astrid al averiguar la verdad.

Después de haber caminado algún tiempo silenciosos a lo largo de las murallas, Astrid preguntó:

—¿Adónde vamos, Nilsson?

Descendieron enseguida por los prados marítimos, y Astrid sintió renacer nuevamente su angustia. Aquellos prados cubiertos de matas de hierbas variadas y hermosas se le antojaron un charcal asqueroso. Las rachas de viento la azotaban silbando y murmuraban a sus oídos palabras de traición e infortunio.

El marido aceleró el paso. Llegaron a los confines de los prados y entraron en la aldea. Al final del camino no había dirigido Astrid ni una pregunta a su compañero; vio una nueva hilera de viviendas y recobró la esperanza. ¡Tal vez Nilsson no la había engañado! Había sufrido ya tantas desilusiones, que de buena gana habría penetrado en una de aquellas casitas limpias y provistas de flores y cortinas blancas detrás de las vidrieras relucientes. ¡Qué lástima dejarlas atrás...!

De pronto divisó al extremo de la aldea una casucha miserable, la misma casucha que Astrid se había imaginado antes que sus ojos la vieran.

—¿Es ésta? —preguntó, deteniéndose al pie de la colina.

Nilsson inclinó la cabeza y avanzó hacia la choza.

—¡Espera! —exclamó Astrid—. ¡Hemos de hablar antes!

El marinero se volvió hacia su mujer.

—¡Has mentido! —dijo ésta en tono amenazador—. ¡Me has engañado! Nadie, ni la persona que me quisiera menos, habría hecho conmigo lo que has hecho tú. ¿Por qué?

—¡Quería que te casaras conmigo! —exclamó él, en voz baja e indecisa.

—Está bien con que me engañaras. Pero ¿a qué hablarme de tus riquezas, de tus criados y de los arcos de triunfo? ¿Tan egoísta me creíste? ¿No veías que te amaba bastante para seguirte a donde quisieras? ¡Y pensar que has mentido hasta el último momento!

—¿No quieres entrar y hablar con mi madre? —murmuró el novio desolado.

—No, no entraré.

—¿Te vuelves a tu casa, entonces?

—¡Volver! ¿Y cómo? ¿Cómo presentarme a mi familia que me considera rica y dichosa? ¡Pero no me quedaré en tu casa! Quien sabe trabajar, se gana la vida donde quiere.

—¡Quédate, quédate! —suplicó el marinero—. ¡Todo lo hice para casarme contigo!

—Me quedaría si me hubieses dicho la verdad antes de llegar aquí.

—Sí, te quedarías si yo me hubiera fingido pobre, y resultara ahora rico.

Astrid alzó los hombros con desdén y se disponía a irse cuando se abrió la puerta de la cabaña y apareció la madre de Nilsson. Era una viejecita encogida, con muy pocos dientes y muchas arrugas, más joven de espíritu que lo que su aspecto delataba.

Por su actitud comprendíase que en parte había escuchado y en parte había adivinado la conversación del matrimonio.

—¿Esta es la nuera, de buena familia, que me traes? ¡Por lo visto, a pesar de eso, la has engañado!

La viejecita se aproximó dulcemente a Astrid y le acarició el rostro.

—¡Ven conmigo, pobre muchacha! Comprendo que estés cansada y rendida. Esta es mi cabaña, mía, ¿sabés? Él no entrará aquí más. Ven, ven. No tendrás que pedir amparo a gente que no conoces.

Entre mimos y caricias la vieja empujaba dulcemente a la joven hacia la puerta. Astrid entró al fin y Nilsson permaneció afuera. La madre preguntó a la novia quién era y qué le había ocurrido. Y ambas lloraron. La anciana recriminó severamente a su hijo; tenía razón Astrid: no podía vivir en casa de un hombre como aquél. ¡Estaba éste tan acostumbrado a la mentira! ¡Mas era tan hermoso de cuerpo y cara! Cuando niño, su misma madre se admiraba que fuera hijo de pobres. Habríase dicho que era un príncipe extraviado. Siempre habíase mantenido su hijo fuera de su verdadera posición social. Soñaba grandezas, y cuando le herían el amor propio perdía los estribos. ¡Cuántas veces lloró su madre a causa de ello! Y, sin embargo, hasta entonces, las mentiras de su hijo no habían causado daño a nadie. En el pueblo le conocían ya y se reían de sus humos. Mas en aquella ocasión el demonio le había tentado al pobre muchacho terriblemente. ¿Cómo explicar que un hijo de pescador tuviera tal picardía para engañar a todo el mundo? ¿No había Astrid reparado en ello? Tan a fondo estimaba Nilsson las cosas bellas y tan bien conocía las costumbres de la gente adinerada, que parecía haber nacido entre éstas. Se había equivocado en la vida. Y prueba de ello era que jamás había pensado en casarse con mujer pobre.

La vieja hablaba, hablaba, mientras Astrid permanecía en silencio.

—Mira: yo no he podido domar su orgullo ni su vanidad; pero otra mujer, más lista que yo, podría conseguirlo tal vez. Mi hijo es bueno y discurre. Valdría la pena intentar enmendarlo... Mas tú, si quieres, te marcharás mañana mismo. Te lo prometo.

—¿Y dónde pasará él la noche? —preguntó Astrid.

—Dormirá afuera, en la arena. No tendrá voluntad de alejarse de casa.

—Más vale que entre —indicó la joven.

—No, mujer, sufrirías al verlo. Nada le ocurrirá afuera: le daré un cobertor.

Y así fue. Nilsson pasó la noche en la arena y, al día siguiente, muy de mañana, hizo su madre que se marchara al pueblo. La vieja prefería que Astrid no le viese más; volvió la anciana a hablar a la muchacha y la retuvo con su bondad sincera, sin violencia, insinuaciones ni engaños.

Por último, luego de reconciliar a los novios, y de convencer a Astrid de que su destino era precisamente unirse a Nilsson y amarlo; y una vez realizada esta obra –que no fue empresa de un día–, la vieja se dispuso a morir.

La vieja había consagrado su vida a cuidar a su hijo, esta fue su ilusión; mas ¿qué ideal le quedaba a la joven para vivir? Nilsson se ahogó a los pocos años de haberse casado; y un hijo nacido del matrimonio, murió muy pequeño. Astrid no consiguió modificar el carácter de su marido, no pudo acostumbrarlo a ser sincero y leal. Ella fue la que se transformó con los años. Nunca quiso volver a ver a persona alguna de su familia; avergonzábase sólo al pensar que podía asemejarse a las mujeres de la aldea. Su vida había sido inútil. Ganábase el pan conservando y recomponiendo las redes de los pescadores; nunca acertó a comprender para qué había venido al mundo. ¡Si al menos hubiese hecho feliz a una sola persona, o hubiera mejorado la existencia de alguien!

Jamás creyó que había salvado tal vez su alma, al considerar humildemente malograda su vida por no haber podido contribuir a la dicha de nadie.

Índice